謝謝！

二〇一九年三月二日
こうの史代

我想寫信給太陽2

河野史代
こうの史代

韓宛庭——譯

台湾の皆さん、こんにちは！

この作品は、2011年8月からの東日本のあちこちの風景を描きとめたものです。

2011年3月11日、東日本大震災が起きた時、わたしは東京に住んでいました。震源からは300km以上も離れており、幸い家も壊れず、けがもありませんでしたが、この時、わたし達のくらしが東北地方と強く結びつき、支えられていたことに気づかされました。それで、ほとんど行ったことのなかった東北地方に、勇気を出して行ってみることにしたのでした。

この冬は、台湾にも震災がありましたね。

震災の記憶は、日々遠ざかってゆきます。時が解決することもありますが、忘れないでおきたいこともたくさんあります。わたしに出来ることなど、何もないかも知れない。けれど、誰かが何かを語ってくれようとする時、せめて、その人のほうを向いていよう、と今は思っています。

ここに描いた街は、わたしにとってはもう、知らない場所ではありません。いつでもその街のほうを向くことができます。

あなたにも、ほんのすこしでも、そう感じていただけるといいです。

2018年3月11日　こうの史代

給台灣讀者的序

台灣的讀者，您好！

這本書畫下了東日本從二〇一一年八月之後的各處景致。

二〇一一年三月十一日，311大地震發生時，我住在東京，距離震央超過三百公里，房子幸運地未受破壞，人也沒有受傷，但直到事發之際，我才驚覺我們的生活和東北地區相連與共，受到他們的支持。我因此鼓起勇氣，走訪鮮少拜訪的東北地區。

今年冬天，台灣也發生了地震。

時間會沖淡震災的記憶，亦能撫平傷痛，但有更多事物需要銘記。也許我無法提供實質幫助，但此時此刻我強烈體悟到一個道理：如果有人想訴說，請您好好傾聽。

書中的每一道街景，於我已不再陌生，因為我學會了隨時傾聽城鎮的聲音。

希望藉由這本書，與您產生一絲絲的共鳴。

二〇一八年三月十一日　河野史代

推薦序

為了不讓記憶風化，尋找是第一步

劉黎兒

尋找是最能理解一切的，理解對方、理解自己、理解彼此的關係，也理解背景的舞台；是旅行的本質，尤其是尋找失蹤的伴侶，也尋找了至今的回憶。作者河野史代，藉著公雞的視線，記錄下311大地震後的日本東北景觀。她以溼熱溫暖的心加上冷靜敏銳的筆觸，俯瞰了人類社會遭遇的一場空前災難，讓這幾可類比戰爭的災難不僅不會因此風化掉，而且連重建過程以及面對未來的感情也一起保留下來。

經歷了311，不僅人們來往的街頭和日常景觀會改變，甚至不過睽違兩、三年的地點也會改變；而復興工程及整個東北都在大造防海嘯的防波堤和超級防波堤，許多自然景觀也因而改變。例如花卷浪板海岸的沙灘或大船渡的笹崎改觀成「未來城市」，快速的重建腳步所帶來的許多變化，也會讓河野感到焦慮吧！除了更想記錄整個變化的珍貴過程，同時也持續記錄人們如何追悼海嘯受難者。

有些景觀則是因為會讓受災者想起罹難的家人而改變的。像是被海嘯沖上岸的三百三十噸大型漁船——第十八共德丸；或是七萬棵松樹中僅存的「奇蹟的一本松」，儘管鼓勵了千萬人，但最終只存活了一年多，在標本工程後被永久保存下來，成了贗品樹。

也有許多地區則沒太大的變化，至今還是震災後的情景：倒塌在角落、還沒收拾整理的柱子和塔台；以及玻璃碎盡的荒廢旅館，河野的畫讓人記憶一一復甦。

這些被海嘯侵襲的地區，例如大船渡、宮古、氣仙沼等當地居民都會說：「我們這裡是日本本島日出最早的地方。」太陽最快從這裡升起，即是「日」的根源所在之地，也因此，河野才會從「日之鳥」的公雞角度，來看東北的變化。

災前，我去過東北的次數數不清；災後，我多次前往東北各縣，書中的磐城、松島、鹽竈、仙台、花卷、宮古、氣仙沼、陸前高田、大船渡、釜石、八戶、遠野等地的今昔，都是我所熟悉的，也更能體會到河野的田野調查是非常非常深入的。甚至到今年三月，東北還有許多地區的電車等交通線路尚未復原開通，要前往非常不方便。反觀也去了受311影響的關東沿海鹿島、大洗、銚子等城市的河野，很難想像她憑靠多大的毅力，在二〇一四年之前到達當地，同時畫出如此精準且打動人心的作品，每幅每幅都像紀錄片一般，都是最有價值的鏡頭。

但是這個紀錄作品，河野是以富人情又幽默的語調，以及靜靜的筆觸來描寫，而非訴諸悲情、感傷面對；而因為是雞，就以他每天的「美食」來介紹當地的美麗花草果實，並不忘介紹當地名勝，可以窺見河野也期盼讀者走訪當地，多少將自己促進當地復興的願望潛藏其中。

公雞有雙腳雙翅，好像也會飛，是不平凡的雞，卻富有情感——對伴侶的愛情，對地方自然、人情的理解與感動。然而，他尋找的妻子是母雞嗎？還是幻想的記憶？抑或其他種類的鳥？公雞為了因地震所導致商店街地面不平的痕跡而道歉，讓我懷疑他口中所謂的妻子就是地震，也或許是人們的共同記憶。

尋找本身就是旅行，也是種懸疑推理，讓人不斷推測公雞及其伴侶的日常究竟為何。有時，人會在不經意間突然失去了自己隨時可以回去的家，可是家是什麼？是有伴侶等待的地方嗎？因為伴侶不在，反而不時想起伴侶的一切；因為大災難發生，日常一景不再重來，和家人在家吃飯、陪孩子丟球……原本微不足道的日常，因為震災、核災，突然間就喪失了。

震災、核災都和戰爭無異，日本社會至今對歷史的觀點是以二次大戰為分水嶺，常說「戰前」、「戰後」，但現在則是許多時候必須說「災前」、「災後」，即指311的震災、核災，尤其是在東北和關東地區。因為和戰爭一樣，都是「無法相信的事」突然降臨了，讓原本平凡存在的事物與日常，突然間抓狂了，連恐龍後裔的公雞都因對於中子飛舞的世界感到困惑，而誕生了萬分複雜的想法。

河野甚至來到離福島核電廠十五公里的地方，亦即二〇一二年的楢葉町。從畫中看得出來，再往前十多公里就是核一廠所在的大熊町，非常接近，至今都是無法進入的地區，雖然畫中輕鬆帶過，但由此可見人類社會張貼那麼多「禁止進入」的荒唐行為；河野也造訪了因核災避難、居民都住在組合屋裡的浪江町，核災讓人無法返鄉，長年住在臨時拼裝屋的無奈，淡淡地被勾勒出來。

二〇一四年，河野前往茨城縣東海村日本第一所核電廠，參訪已除役的日本第一個研究用反應爐，以及因核災而復興進展較慢的相馬、南相馬等地，觀察到仍在進行中的大規模去除輻射汙染作業。

《我想寫信給太陽2》的最後，河野為了警示由人類打開的潘朵拉盒子（核子），是億萬年也奈何不了的麻煩物，特別以可愛的擬人化手法加繪一篇，福島核一廠放出的輻射物質從誕生到結束的故事。或許這也是核災萬劫不復的原因吧！輻射，在一瞬間就能剝奪人類最珍貴的平凡日常及熱愛的家園風景，是一則相當沉重的小物語。

如河野在自序中所述，傾聽城鎮的聲音，也就是傾聽當地居民、鳥類、草木和歷史。她將自己的共鳴傳遞成為讀者的共鳴，不只是為了當地人，而是為了讓世界不要忘記311之後所發生的一切。

河野史代的作品常透徹地傳達出人生的基本質問，卻總以如此天真爛漫的方式表現出來。即使公雞或人類都必須面對複雜艱難的現實，還是要繼續活下去，而且也還是要「好好地活下去」，或許這是她最想對讀者說的一句話吧。

（本文作者為日本文化觀察家、作家）

推薦序

不間斷的關注——寫給經歷災難人們的書信

阿潑

二〇一一年六月，我分別到日本岩手縣釜石與陸前高田採訪，當時距離311大地震發生已過了三個月，主要街區大多已清理乾淨。但所謂的清理，不過就是將瓦礫、垃圾、廢鐵往某處推堆，只留下被海嘯推平的城鎮和災難的痕跡：歪斜的電線桿、裸露的鋼筋……甚至是被沖上岸的大船。不論災難的出現如何戲劇性，最後剩下的只有平淡的荒涼。

有一天，我才剛下車，就踩到一本攤開著的家庭相簿，裡頭盡是婚禮、慶生和出遊的畫面。我蹲下翻看，彷彿窺視隱私一般，看到了這個家庭的每一個幸福瞬間，他們在那些時刻恐怕無法想像，在未知的某一天，這種平凡的生活將會被打斷。這家人，現在在哪裡呢？而那些眼前所見、散落四處的小學課本、作業簿、玩具、棒球套、字典……的主人們，又都在哪裡呢？當時，我產生了一個想法：如果可以，我想尋找這些物事的主人，看著他們繼續著自己的日常，繼續將那些美好的瞬間延長下去。

當我讀到這本書時，不免會想：如果我真的去尋找這些人，會不會就像書裡的公雞先生，在時間中前進，在災區裡漫遊，結果成就了一部屬於自己的公路電影——這本書看起來是一頁又一頁的風景素描，但我認為，其實這是一封又一封，寫給在各種意義上經歷這場災難人們的書信。

作者河野史代出身廣島，擅長以「平淡的日常」來描寫創傷與災難，《我想寫信給太陽》自然也是如此。她以「東北的現在」為概念，藉著一隻尋找妻子的大公雞視角，描繪災後日本東北的景致：從災後五個月的岩手縣釜石開始，到陸前高田的組合屋，最後結束在立著「禁止進入」標誌的福島楢葉町——而這已是災後四年又三個月的事了。這數年間災區的風景與細微變化，都在河野史代獨到的觀察與溫柔的理解下，被細細記錄下來。

其實，河野史代一開始並沒有這樣的想法與計畫。地震發生時，她人在東京，從電視上看到東北的災情，心裡只升起一種感覺：「昨日那樣的日常，已經回不去了啊。」儘管想著該做些什麼，卻又覺得似乎沒什麼是自己能去做的。後來，她去福島擔任志工，走訪災區，但一直到八月重訪釜石，素描了大觀音像後，這一切才開始——或許也稱不上開始，畢竟她最初是以「可能派不上用場」的心情下筆，後來才向漫畫雜誌的編輯提案，開始每週一頁的連載；也因為這個連載，對東北一無所知的河野史代，就這樣每隔兩個月往返東北，以觀者的姿態，嘗試向世人傳遞災區的「現況」。

河野史代的毅力與決心讓人不得不佩服。媒體對災難的關注期很短，社會大眾更欠缺耐性，往往哀嘆幾天就不再關心。在311大地震三週年，我再次前往日本東北採訪，發現風景仍與當年所見沒有太大差異，重建才正要開始，而災難卻「已經」過了這麼久。可能大多數人已不在意災民是否還身陷困境，但河野史代就像個雕刻家，以畫筆細膩地抓出災區每道風景的變與不變，藉由描繪那一點點的前進輪廓，持續畫下一絲絲的希望。

而她想說的話，就讓公雞先生去說——這些話不必然與景色有關，例如時隔九個月重訪釜石時，發現建築物都沒變，唯有鐵捲門和窗戶被拆掉的公雞先生這麼說：

啊／天空說／活下去

說話都／不用負責／因為不關己事／因為是人的事

但要不要／全盤接受／是我們的自由

河野史代認為僅有災區風景，會顯得太過單薄，必須加上「人間物語」來傳達生命的樣態，而這個責任就由一隻帶著點自戀、有著天兵喜感的公雞來擔當。在她的塑造下，公雞先生雖然失去了妻子，卻不帶任何的「悲愴」感；就算人們對災難的記憶已逐漸淡薄，他還是持續著自己的旅行。在他心裡，妻子美麗又強悍；不過他從不說肉麻話，只有調侃。例如二〇一一年十二月，公雞先生來到陸前高田，畫面幾乎是一片黃土：

從前／有人在夜空看見／奔馳的鐵道／列車裡載著／死者的靈魂
一想到妻子／胸口便忐忑不安
妻子該不會／該不會……
把夜空中的列車／打下來吧……

就像這樣，公雞先生的獨白充滿轉折，卻從不失去希望與幽默，同時帶著深沉的哀傷。閱讀過程中，我不時懷疑公雞先生是否想過妻子已經不在人世？（一直到書的最後，他也只說妻子目前不在，而非不在了。）如果，他接受了這個事實，還會繼續旅行嗎？看這書稿期間，我剛好不斷尋找走失多時的愛犬，雖然每天都反復於懷生憂死間，卻仍忍不住將自己投射在書中的主人翁——公雞先生身上。

我想起河野史代在一次訪問中談到「公雞就是自己的投射」，她說：「總是有人像這樣無法忘懷而造訪，而我想傳達的就是這種不間斷的關注。」不過我想並不只如此，在公雞的身上，我看到了許多災民的影子——這世界上曾失去所愛，卻仍不忘記去愛的眾生。這也是這本書為何如此有趣溫暖，又充滿力量。

（本文作者曾擔任記者，現為文字工作者，著有《憂鬱的邊界》、《介入的旁觀者》等）

推薦序

生命的堅定答案，來自對人間豐沛的愛

黃廷玉

二〇一一年八月，整個日本仍籠罩在311大地震所帶來的強烈恐懼之中，當許多人對東北重災區唯恐避之不及之際，漫畫家河野史代已帶上她的畫筆與紙，前往岩手縣——那是遭受海嘯襲擊最嚴重的區域之一。此後數年，她遊歷在東日本各處，不曾間斷，這過程間的紀錄，成為此刻你我手上的這兩本書。

以類似形式回應災變的藝術創作並不罕見，然而此刻觀看《我想寫信給太陽》，仍有某種堅定的答案，在紙頁間熠熠生輝。是與她過往的作品都遙遙相應的，是河野史代的漫畫一直以來最令人動容之處。

河野史代以溫柔簡單的筆觸，反覆地記錄受災地的每個「現況」。與一般災後紀實作品不同的是，她擷取的視點並不特別著重於受創程度之嚴重，而僅是靜靜地畫著城鎮此刻的臉龐，以及隨四季遞嬗變換的光景。

在台灣，她最廣為人知的作品，當屬《謝謝你，在世界的一隅找到我》與《夕凪之街櫻之國》吧。這兩部漫畫，是出身廣島的河野史代爬梳故鄉歷史後，決心面對原爆事件的全力之作。看著她細膩描繪的東北面貌，腦海中再次浮現《夕》作裡原爆傷痕如何在安靜的日子中蔓延三代，與《謝》作裡巨細靡遺的戰時生活軌跡。

要有非常深刻入微的觀察，才能把現實一寸寸轉化為作品，但她眼前的，是奪走一切的巨變啊。不管是戰爭、原爆或是大地震，究竟要擁有多大的勇氣，才能這樣直接地面對如此毀天滅地的災難？而她從未別過頭去，反而迎身上前觀看、記憶，並以一介漫畫家的身分，堅定地記述人們努力生活的姿態。太多怵目驚心的災難場面令人不忍直視，唯有她一筆一畫描繪的日常風景中所透出的生命微光，能在最黑暗的時刻，如冬日暖陽般照耀著讀者的心。

此作的原文書名「日の鳥」發音Hinotori，也不由得令人想起手塚治虫探討生命與輪迴的漫畫巨作《火鳥》（火の鳥，Hinotori），只是主角不再是瑰麗神秘的鳳凰，而是與人們生活息息相關、平易近人甚至還有些吵鬧的公雞，這樣的安排當然更貼近河野史代的作品本質。

此作格式相當特殊，或許可視為畫冊，但細細咀嚼內容，又能體悟到一種「漫畫」獨有的，有別於單幅畫作的時間與空間感，靜靜地在書頁之中流動。不只因為這些作品出自河野史代長年的累積，更由於公雞先生的尋妻之旅這個巧妙設定，使得各處遺落的震災後現況，得以在一貫的視點中自然串聯起來。

用尋找摯愛伴侶的眼光，在受災地來回旅行，一切所見，都充滿回憶……配合圖畫，深情款款的每首小詩裡，也放進許多庶民生活的幽默，不少更來自當地住民們實際上對河野史代說過的話。她將人們對平凡日常的渴求與想望，融入主角公雞的情感之中，為了尋妻所踏過的每一寸土地、仰望的每一片天空，都飽含人們的眼淚與汗水。年復一年過去，祭典重新開始，不知不覺間街角的景致也發生改變，此時才明白，正是這些持續而平實的紀錄，使得蛛絲馬跡所透露的訊息變得如此強大。

時間最最殘忍之處，乃在於能讓人們遺忘許多事。河野史代彷彿充滿魔法的筆尖，卻將這些微不足道，稍不留心就被淹沒在時間洪流之中，再沒人記得的小小瞬間以畫作封存，那就是人們活著的鐵證。

《我想寫信給太陽》中呈現的諸多原鄉景色如此樸實無華，若不是當中仍殘留震災的遺跡，或許誰也不會記得多望一眼吧。但就是這樣的風景，形塑了311之前與之後的日本。曾經天崩地裂的，受大海所覆蓋的，隨著時間過去，人們在其上逐漸站穩腳步，慢慢找回了生活的節奏。河野史代不將鏡頭直接鎖定在人的活動上，而是藉著描繪「背景」的細微變化，展現時間的力量，以及平凡的可貴。

一直以來，河野史代的作品對我而言都是幸福的具現，閱讀後總不禁將之擁入懷中。她盡力捕捉好好吃飯、散步，或一起觀看的風景中，所存在的真實情感，悠遠綿長，動人至深。開展在《我想寫信給太陽》書中的圖景，每張也同樣蘊藏著河野史代對人間豐沛的愛：或許，在野草與朝霧的溫柔包圍中，還有未能修復的頹圮傷痕；平淡的街景裡些許不自然的存在，提醒著重建之路並未結束，但只要活著，扎實地活著，終有一天那遠去的「日常」，會再次以更美麗的姿態，綻放在腳下的土地上。

（本文作者為Mangasick店主）

目次

關於日本東北311大地震

東北地區太平洋近海地震

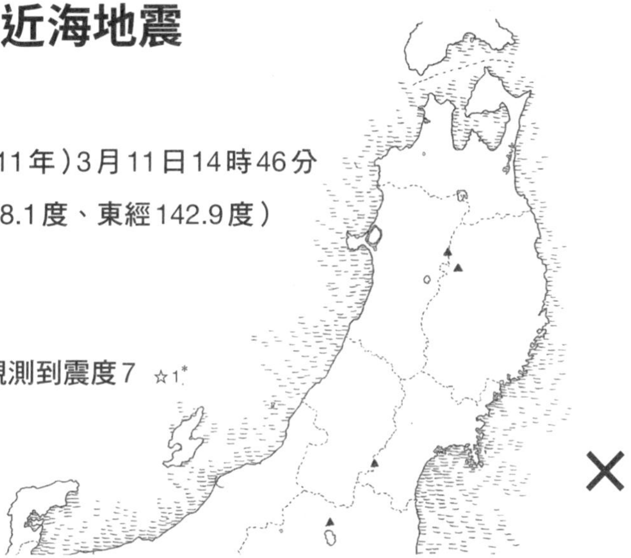

發生時間：平成23年（2011年）3月11日14時46分

震央地名：三陸沖（北緯38.1度、東經142.9度）

震源深度：24公里

規　　模：震矩規模9.0

最大震度：宮城縣栗原市觀測到震度7 ☆1*

災情

人員災情

死亡人數：15,894人
（宮城縣：9,541人・岩手縣：4,673人・福島縣：1,613人・其他都道府縣：67人）

失蹤人數：2,561人
（宮城縣：1,236人・岩手縣：1,124人・福島縣：197人・其他都道府縣：4人）

受傷人數：（輕重傷）6,152人（1道1都18縣合計）※① ※② ☆2

地震相關死亡人數：3,407人（1都9縣合計）※③ ☆3

建築物災情

全毀：121,805棟 〔半毀〕278,521棟 ☆2

※① 含未確認資料。

※② 涵蓋3月19日震央發生於茨城縣北部的地震、4月7日震央發生於宮城縣近海的地震、4月11日震央發生於福島縣濱通的地震、4月12日震央發生於福島縣中通的地震、5月22日震央發生於千葉縣東北部的地震、7月25日震央發生於福島縣近海的地震、7月31日震央發生於福島縣近海的地震、8月12日震央發生於福島縣近海的地震、8月19日震央發生於福島縣近海的地震、9月10日震央發生於茨城縣北部的地震、10月10日震央發生於福島縣近海的地震、11月20日震央發生於茨城縣北部的地震、平成24年（2012年）2月19日震央發生於茨城縣北部的地震、3月1日震央發生於茨城縣近海的地震、3月14日震央發生於千葉縣東北近海的地震、6月18日震央發生於宮城縣近海的地震、8月30日震央發生於宮城縣近海的地震、12月7日震央發生於三陸沖的地震、平成25年（2013年）1月31日震央發生於茨城縣北部的地震，以及10月26日震央發生於福島縣近海的地震之所有災情。

※③「地震相關死亡人數」的定義為「於日本東北311大地震中受傷不治死亡者，基於災害慰助金之發放等相關法令，符合本次災害慰助金發放對象之人」（實際未發放者也包含在內）。

* 此類注釋見P142。

2年8個月後的
山元・多賀城・鹽竈

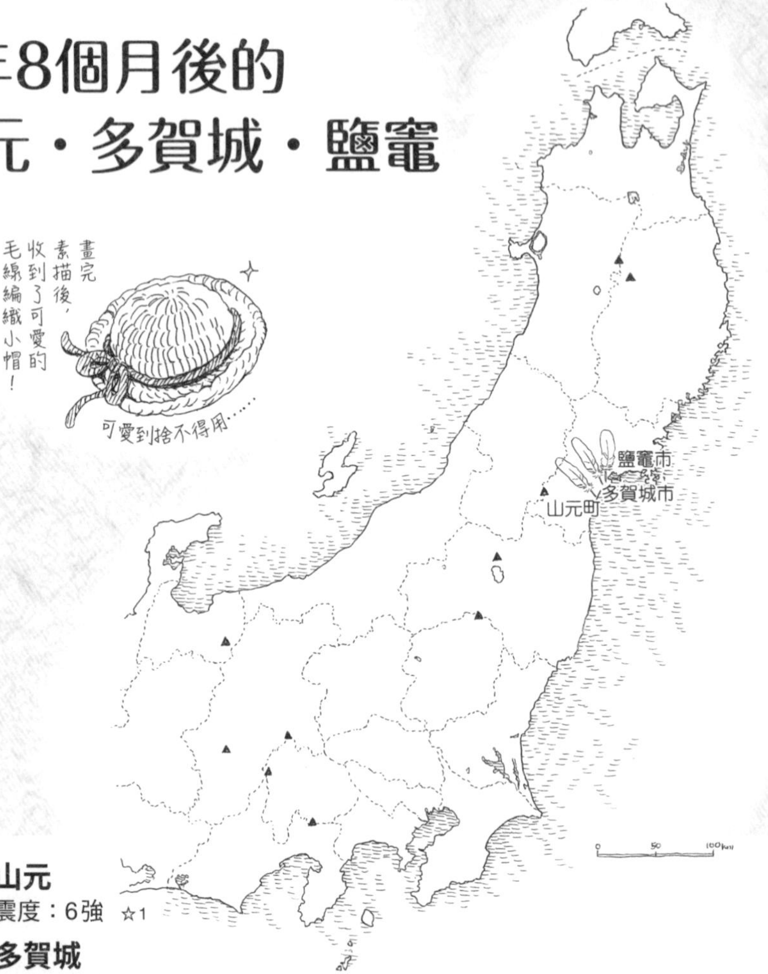
畫完素描後，收到了可愛的毛線編織小帽！
可愛到捨不得用……
鹽竈市
多賀城市
山元町
0
50
100km

山元

震度：6強 ☆1

多賀城

震度：5強

海嘯高度：約4.6公尺 ☆4

鹽竈

震度：6強 ☆1

海嘯高度：浦戶地區標高超過8公尺 ☆5

【宮城縣的復興情形：1】

●鐵路（縣內在來線*）

修復率：約85%（延後通車：約386公里　關閉區間：3區間、約71.2公里）

●道路・橋梁建設

受災地點總數　道路：1,415條　橋梁：123座

復興工程進度　動工：約99%（動工地點總計1,517處）

竣工：約95%（竣工地點總計1,463處）☆6

* 在來線是日本鐵路用語，指全部使用窄軌（1,067公釐軌距）的國鐵既有路線，以便與較晚興建、使用標準軌（1,435公釐軌距）的新幹線作出區隔。

2013.11. 山下駅

〈問〉
即使鐵軌中斷
草覆蓋鐵路
無人在等待
卻即將到來的事物
是什麼呢？

〈答〉
冬天！

今日餐點

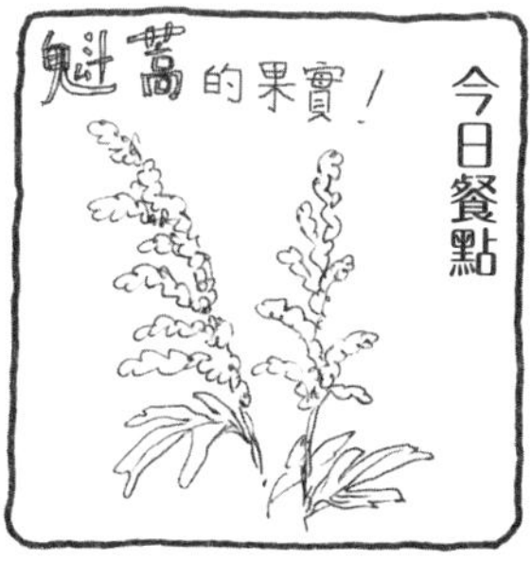
魁蒿的果實！

軌道已經移至內陸，山下車站預計與旁邊的坂元車站合併。
夕陽下的天空有天鵝飛過。

2013.11. 坂元駅

沒錯！
我今天當站長
有什麼問題嗎
不不
我一直都是呢
我每天的工作
就是清除雜草
和叫人起床！

由此可見
我應該是益鳥*……

今日餐點
這是啥？
某種菊科
植物吧……

＊日文的「站長」音同「益鳥」。

✐坂元車站遭受海嘯重創，車站與鐵軌都被沖走，僅有車站前的導覽板逃過一劫。
常磐線的月台相當長。

2013.11. 中浜小学校

歡迎光臨！
本旅館一律
不裝窗玻璃
為飽受障礙物所苦的鳥
打造了
徹底放鬆身心的空間
敬請期待
蘆葦草原上的
戶外baffet吧
噢
真抱歉
本旅館謝絕
貓咪黃鼠狼
還請各位大爺
另尋他處

今日餐點
後院有遼闊的蘆葦草原！

屋簷下的閣樓救了所有學生。傍晚充斥麻雀和鴿子的鳴叫聲，非常熱鬧。
校門口的時鐘指針停在3點45分。

聽說這座島
曾經是船
它在七年前
越洋而來
就此定居
連巨浪來襲
也不肯回家
想必很中意
這裡吧

今日餐點

掉在岸邊的
貝殼碎片。

✐磯濱漁港正在清除被海嘯沖垮的消波塊。
海中央可見地震發生4年前於此觸礁的外國船隻。

2014.11.
いちご団地

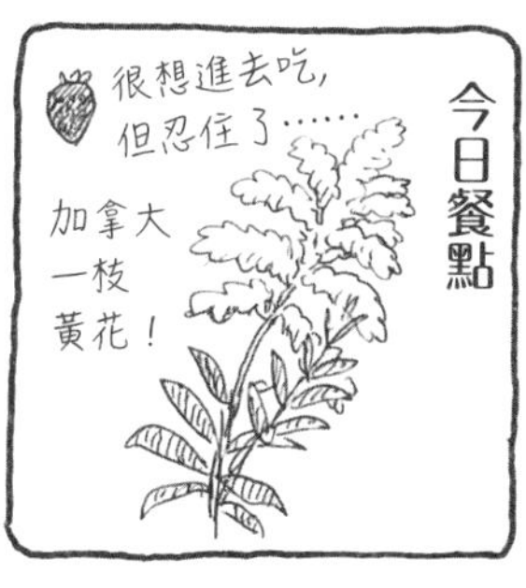

今日餐點
很想進去吃，
但忍住了……
加拿大
一枝
黃花！

喂——
有請草莓一家往上瞧
喂——
有請司機大哥抬抬頭
喂——
妻子啊
妳看見了嗎？
彩虹出來了

原本有近200戶草莓農的原野上蓋著成排的巨大溫室，在雨後的夕陽下熠熠生輝。
溫室裡正在進行草莓的水耕栽植。

多賀城駅
る旅行のお店
5%割引とお得
チケットなど
2013.11
多賀城旧駅舎

從今天起
搭車請往旁邊走
新導覽所即將開幕
音樂和太鼓演奏
就要開始

呵……
喜慶場合
是我的舞台
因為我是
紅白雞嘛*

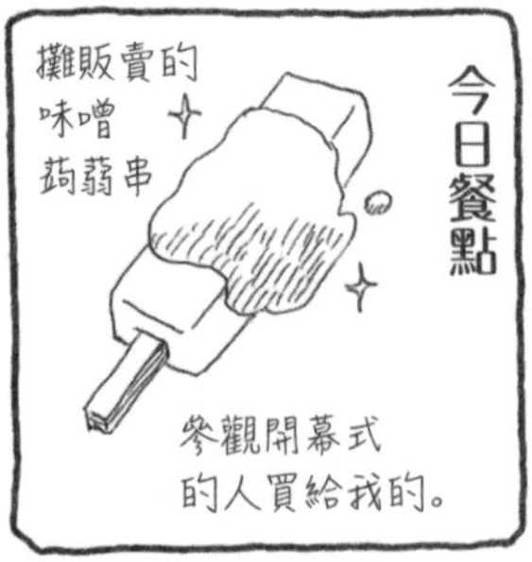
今日餐點
攤販賣的
味噌
蒟蒻串
參觀開幕式
的人買給我的。

＊ 紅白色是日本傳統吉祥顏色。

✎碰巧遇上新車站的開幕式！經歷地震的舊車站已於前一日正式退休。

2013.11 多賀城市
町前

就連這座
念舊的小鎮
都在迎向未來
我也是啊
不該過度留戀
與妻子共譜的回憶
要好好挑選
與妻子破鏡重圓後
一起住的家
因此
我在耀眼的秋風中
稍微要帥
迎風向前

今日餐點

水溝裡的
魚腥草。

✐從永旺集團（AEON）商城停車場望見的海景，可見瓦礫堆積如山。
星期日的商城裡擠滿出遊的家庭及三五好友，十分熱鬧。

2013.11. 八幡神社付近

「哦
你也在旅途上嗎
嗯……
格外巨大美麗
的鳥嗎……
我昨天似乎在
港口看到過……
但不確定是不是
你太太……」

今日餐點
不會吧?!
山葡萄
熟透的果實分你吃！

本區曾遭3公尺高的海嘯衝擊。我在草原上遇見一隻戴著大腳環的賽鴿。

2013.11
塩がま市・新富町

防撞桿先生
你為何被撞得
如此狼狽
分不清東南西北
……
……
……
唔
忽然害怕
見到妻子!

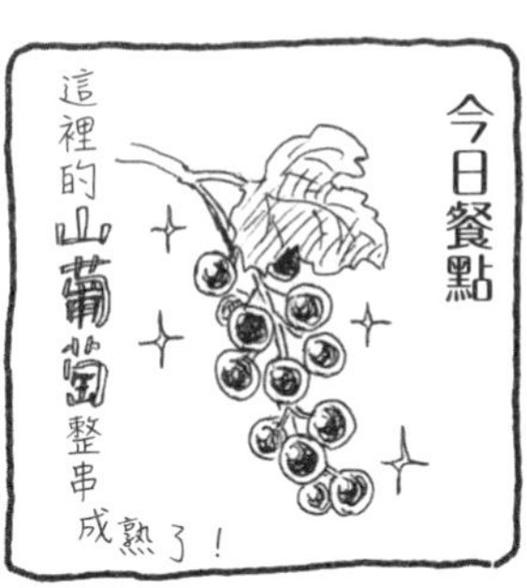
今日餐點
這裡的山葡萄整串成熟了!

✐便利商店的停車場入口。
路面的水泥及電線桿已經換新，但被海嘯沖毀的防撞桿仍未拆除。

聽說這裡有
格外巨大美麗的鳥
我特地過來瞧瞧……
哦哦！
是妻子嗎?!
……不是
等等！
是誰如此大膽
竟然追趕
美麗的姑娘?!
給我站住！
定睛一看……
哦哦！
簡直是妻子的翻版！

今日餐點

又認錯了……
拔了路邊
的狗尾草
大口吃下
掩飾尷尬。

兩艘美麗的遊覽船繫在鹽竈港。前區塊擋板內的紅磚剝落，尚未重鋪。

嘿 歡迎光臨！
今天要點什麼壽司？
這裡有現採的
酸模草、紅藜、魁蒿
以及山葡萄……
什麼？
想吃新鮮海產
給我往左
滾去港口的
復興市場！

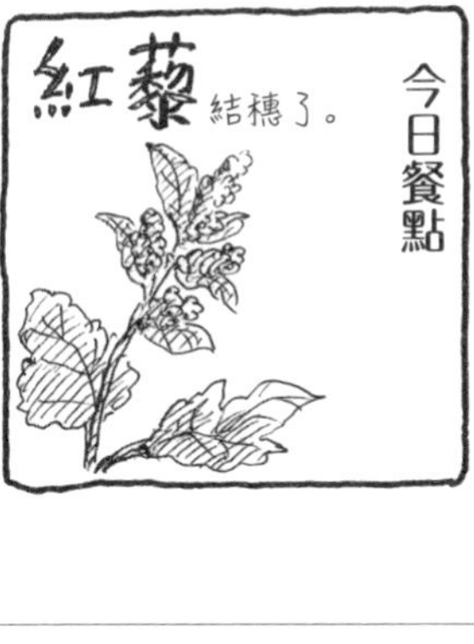

時隔兩年再訪，這條路幾乎沒變，一樣滿地雜草和砂石。
不過港口的復興市場開張，吸引不少觀光人潮。

2013.11
塩釜神社

……
……
……
嗯哼
膽敢跟我玩
瞪眼遊戲
膽子頗大嘛
告訴你吧
你已經笑了

今日餐點
一去拜拜
馬上發生
好事！
心懷感恩地
收下栽種的
橘子

✐當地人笑著說道：「這段階梯寬度不一，爬起來很累喔。」
鳥居前人影變得很小，可見階梯有多長。

天鵝

麻雀

鴿子

2年11個月後的山田・釜石

山田

震度：5弱
海嘯高度：推測8～10公尺 ☆7

釜石

震度：6弱 ☆1
海嘯高度：9.3公尺（由痕跡等來推測）☆8

【岩手縣的復興情形：1】

●鐵路

三陸鐵路：平成26年（2014年）4月，北谷灣線、南谷灣線已全面恢復通車 ☆9
JR三田線：平成27年（2015年）2月，經過協商，已移交宮古至釜石路段的三陸鐵路營運
同年3月開始進行修復工程 ☆10

●災害公營住宅規畫

規畫戶數：5,771戶（縣、市町村合計規畫）
竣工：2,748戶（目標達成率47.6%）
施工中：1,801戶（目標達成率31.2%）☆11

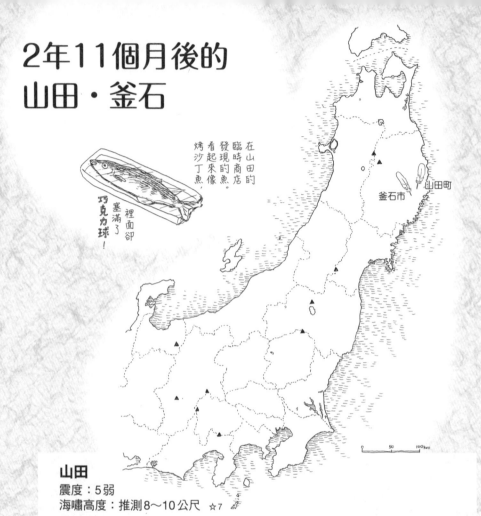

每當太陽升起
我就踏上旅程
一路上吃吃喝喝
累了挨著翅膀睡
周而復始

出生之後哭泣
歌唱然後歡笑
相遇才懂爭吵
愛過即可死去
世界就是這樣
層層堆疊起的

今日餐點

嗯～～
先吃點
松樹皮
吧……

那天下過雨後氣溫回升，太陽溫暖明亮，完全不像2月的天氣。
半個月前降下的大雪在東京早已不復蹤影，這裡卻仍留有殘雪。

2014.2. 吉里吉里バス停前

我雞一族
生來就是
驕傲的動物
但偶爾也會低下頭
直到心滿意足為止
各位！
千萬別將您
現在看到的畫面
說出去！

今日餐點

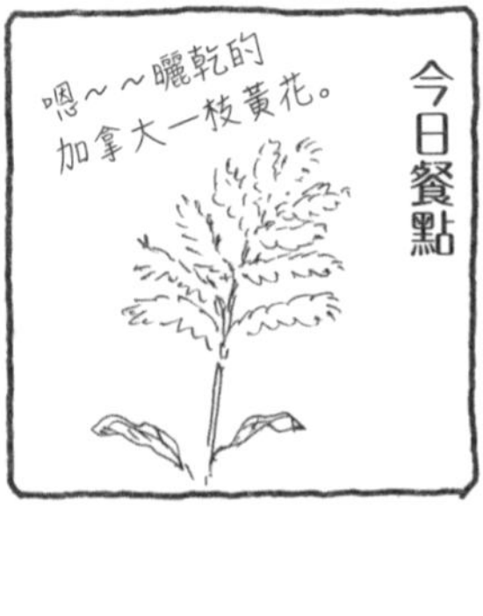
嗯～～曬乾的
加拿大一枝黃花。

✎在導軌公車上，一位婦人對我說「順行（おでんせ）」，司機告訴我，這句話是「路上小心（行ってらっしゃい）」的意思。日文的「歡迎（いらっしゃい）」句型是各種場合皆能使用的寒暄語，類似義大利語的「ciao」。

「這一帶
冬日不常降雪
但是一到三月
必定下大雪
雪深十公分
並迅速融解

簡直就是
清空冬雪庫存市」

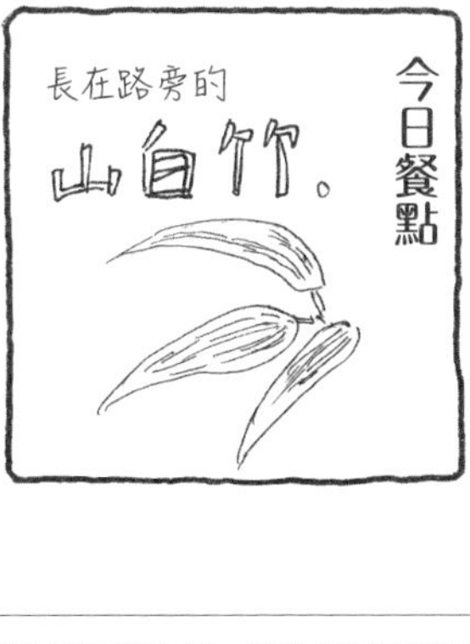

✐除了最後兩行，其他都是計程車司機和公車司機說的話。
圖中遠處的圓形屋頂建築是「鯨魚海洋科學館」（震災後休館，6年半後，於2017年7月15日重新開館）。

2014.2 小谷鳥海岸

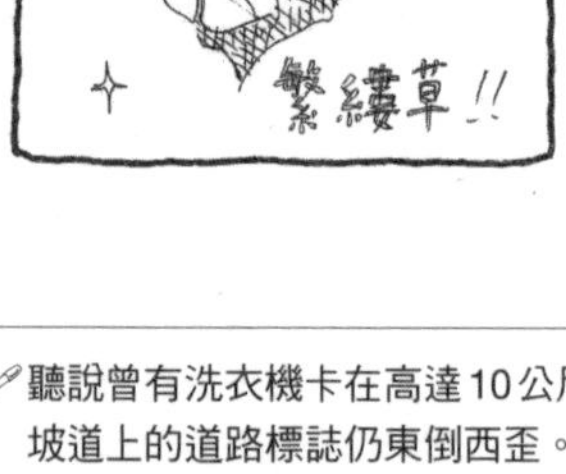
從雪下探出頭的
今日餐點
繁縷草!!

什麼！
聽說洗衣機
曾掛在樹上
原來如此
看來不用煩惱
沒地方曬衣服

聽說曾有洗衣機卡在高達10公尺的樹頂上。
坡道上的道路標誌仍東倒西歪。

漫無終點的旅程
有時也會迷惘
到底該往右轉
還是該往左轉
右轉嗎　還是左轉呢
右轉左轉右轉左轉右轉左轉
右左右左**右左右左右**……

啊！
我竟然不小心
滿嘴**エロエロ***……！

今日餐點

魁蒿的果實！
只剩下殼……

* 來自英語「erotic」的日式外來語「エロチック」的縮寫，色情之意。由於中文也有「工」、「口」兩字，因而形成網路用語。

✐盡頭是海，被堤防擋住看不清楚。聽說地震發生時，有人看見漁船浮起，因而察覺海嘯來襲，千鈞一髮避難。由於左右兩側常有車輛出入，導致此地經常塞車。

妻啊 妳看
小鎮閃耀著
白色的光芒
草木、商店
和人群
逐漸填滿了
宛如白色畫布的
雪白小鎮

今日餐點

雪下探出頭
的是鼠麴草？

的芽嗎……

聽說這一帶開了商店街。
山丘上可見因故歇業的澡堂，以及指針停在3點27分的時鐘。

2014.2「さんてつジオラマカフェ@釜石駅」

今日餐點
這裡的餐券
きっぷ
超像
車票！
猛盯著客人看，
於是喝到了免費飲料……

大觀音啊
可以幫我
撓撓後腦嗎？
哦力道真棒
真是乖孩子
等一下
分你喝果汁

✐三陸鐵道上的釜石車站此時仍未通車，站內開了咖啡廳（已停業），擺著大型鐵路模型，我看見湯瑪士小火車在軌道上奔馳。

3年後的銚子

在外川迷你鄉土資料館買的《進一步了解銚子電氣鐵路》
（應為自費出版）
內容非常有趣！
一時迷糊，畫成內封了！
銚子市
0
50
100(km)

銚子

震度：5強

海嘯高度：最大浪2.5公尺

住宅災情：〔全毀〕30棟 〔半毀〕148棟 〔部分損毀〕2,424棟 ☆12

千葉縣全區的建築物災情：

〔全毀〕801棟 〔半毀〕10,152棟 〔部分損毀〕55,041棟 ☆13

千葉縣全區的維生管線災情：

●自來水管線／斷水：總計177,254戶　限水：129,000戶

●公共下水道／災情：總計24,300戶

●電線／停電：347,000棟

●瓦斯／京葉瓦斯供給區域中斷戶數：8,631戶

以上均於平成28年（2016年）4月1日全數修復 ☆13

2014.3.11.犬吠埼灯台

妻子啊
回過神來
找尋妳的日子
已經超過了
攜手共度的歲月

妻子啊　來見我吧
跟過去相比
我已經是隻
頂天立地的鳥

噢……
別把那座燈塔
誤認成我喔

散發光澤的
大吳風草
的葉子。
今日餐點

✐這本書的書封，是我於黎明時分畫下的犬吠埼海。
曾兩度來訪的深刻回憶，如今只剩下地震殘留的衝擊。

2014.3.
犬吠埼·遊步道

〈問〉
我一在這裡唱歌
所有人都會逃跑
請問是
為什麼呢？

〈答〉
因為
五音不全*

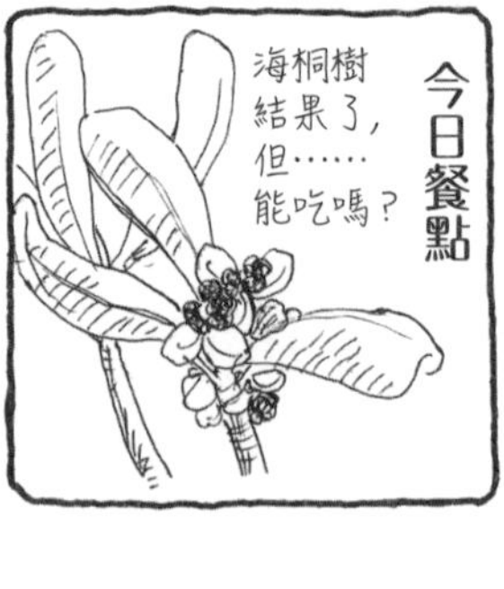
今日餐點
海桐樹
結果了，
但……
能吃嗎？

* 日文的「五音不全」音同「銚子的邊界」。

✐沙灘和消波塊上四處散落著被海水侵蝕風化的木材，
已無法確認是否為地震廢棄物。

* 淋浴間

聽說過去有
許多海獅及北海獅*
在此放聲鳴叫
想必「淋浴間」
也曾每天擠滿
觀光客吧

今日餐點

海濱珍珠菜的果實？
但或許
只剩下
空殼。

* 體型最大的海獅，分布於北太平洋沿岸。
** 日本畫家，本名小川茂吉（1868～1938），尤其熱愛水邊生物及魑魅魍魎，留下大量河童畫。
小川自嘲畫畫所賣的錢買得起番薯糊口就好，筆名因而取作「芋錢」。

來看看我敬愛的小川芋錢**生前熱愛的風景。早春的海鹿島海水浴場無人造訪。

聽說這裡從前是
文人雅士熱愛的
度假勝地
既然如此
我也來高歌一曲
早春明媚
來泡絕景露天湯
我是天涯一隻雞
小小的水窪
恰恰好

突出海面的峭壁頂端，竟然刻著芋錢的詩句。
海邊有座以石壁圍起的神祕泳池，真是奇妙的海水浴場。

2014.3. 觀音駅付近

哦！
可愛的電車
帥氣逼人地朝我駛來
我有時不禁會思考
別人與自己，就像照鏡子。
因此，自己對別人的看法，
以及別人對自己的看法，其
實相去無幾。
換句話說
在電車眼裡
有隻可愛的鳥
正帥氣逼人地
站在平交道前！

今日餐點

觀音車站名產

鯛魚燒

的尾鰭。

✐導遊陪同旅遊團坐在電車裡，熱心地介紹沿線的名勝及名產。

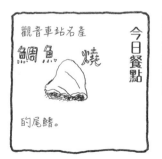

3年2個月後的
水戶・大洗・東海

「維他命3000毫克喉糖 野草的力量」
我在大洗車站內小店
發現的喉糖。
不知為何
聞起來
有線香的味道。
意外不錯吃……
喉糖內添加野草粉
比起人類可能更對本雞的味
東海村
水戶市
大洗町
0
50
100km

水戶

震度：6弱 ☆1

建築物災情：〔全毀〕590棟 〔大規模半毀〕470棟 〔半毀〕2,497棟 〔部分損毀〕27,758棟 ☆14

大洗

震度：5強

海嘯最大浪：4.9公尺（第3浪）

建築物災情：〔全毀〕1棟 〔半毀〕19棟 〔部分損毀〕898棟 ☆15

東海

震度：6弱 ☆1

海嘯高度：於東海第二發電廠，推估5.4公尺 ☆16

建築物相關受災證明之核發狀況：

〔全毀〕76棟 〔大規模半毀〕54棟 〔半毀〕171棟 〔部分損毀〕4,191棟 ☆16

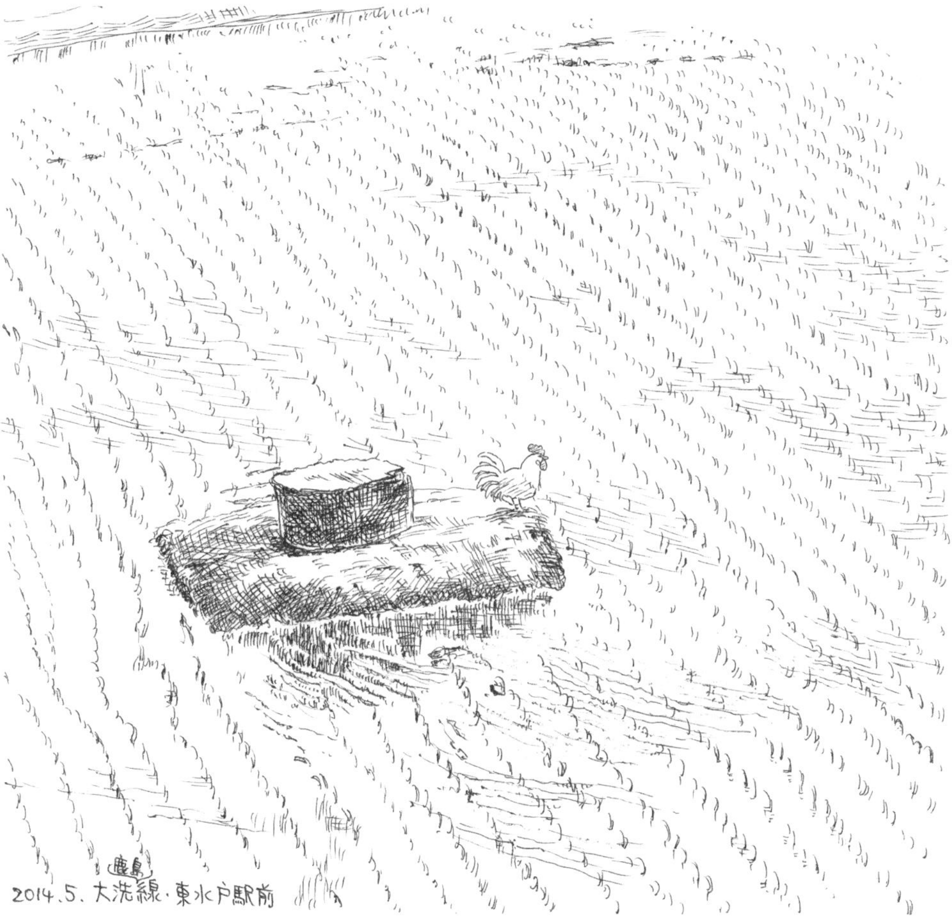

稻田啊
妻子的身影
可曾倒映在你身上？

秧苗啊
妻子振翅的強風
可曾吹得你東倒西歪？

妻子啊
妳是否在某處
帶著微笑
望著弱小的
秧苗呢？

放眼望去，水戶市郊外的水田如鏡，倒映天空。
以為孤零零佇立於田中央的是井，想想應該是堆肥吧。

2014.5. 大洗 マリンタワー内

今日難得有緣
就來擔當
電梯少爺吧
……什麼？
所謂電梯少爺
指的應該是
等不及電梯來
乾脆自力攀爬
卻在途中被電梯超越
而怒瞪虛空的男子
才對吧？

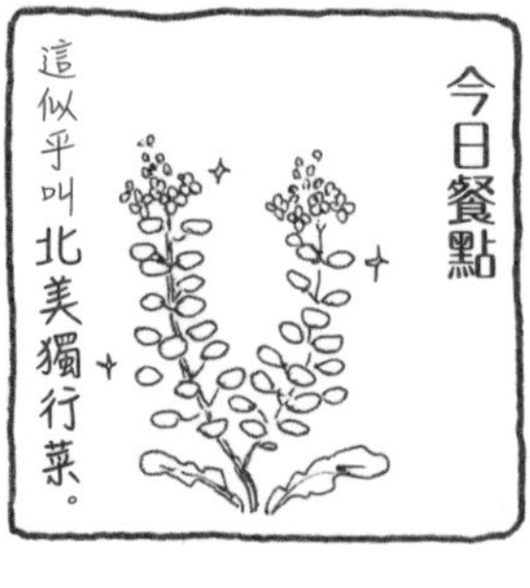
今日餐點
這似乎叫北美獨行菜。

從海洋塔的觀景電梯窗望見的風景。一般乘客應無法進入公雞所站的位置。

ご迷惑をおかけします
港の施設を
なおしています
平成26年5月30日まで
時間帯 8:00～17:00
2014.5 大洗マリーナ

*抱歉造成您的困擾 港口仍在重建當中

今日餐點

羊蹄菜
的花穗。

……即便這片風景
我已相當熟悉
……還是不禁背脊發涼
一定是初夏的海風
太冷所致
絕對不是因為
想起妻子喔

* 由Actas公司製作的原創美少女戰車動畫，擁有廣大粉絲。大洗町為作品中知名場景，吸引眾多粉絲前往朝聖。

✐小鎮隨處可見《少女與戰車》的萌萌動漫圖，形成一大片的廣場。
觀光客紛紛排隊搶搭作品中登場的「海盜船」。*

ひげかま
2014.5. 髭釜会館

哎呀~
公雞先生
您的紅鬍子
真性感
要不要來咱們
俱樂部坐坐呀
哎呀呀
不是鬍子
而是肉垂？
討厭~
感覺真雄壯
弄得我們
小雀心
怦怦跳~

今日發現
仔細一看，每隻麻雀的臉頰和下巴都長著濃密的　鬍子。
看起來卻無損牠們的可愛……

「髭釜」似乎是地名，中間那棟就是「髭釜會館」。
行經此處，發現麻雀用塑膠繩、草屑和羽毛築的鳥巢掉在路邊。

2014.5. 東海村、JRR-1

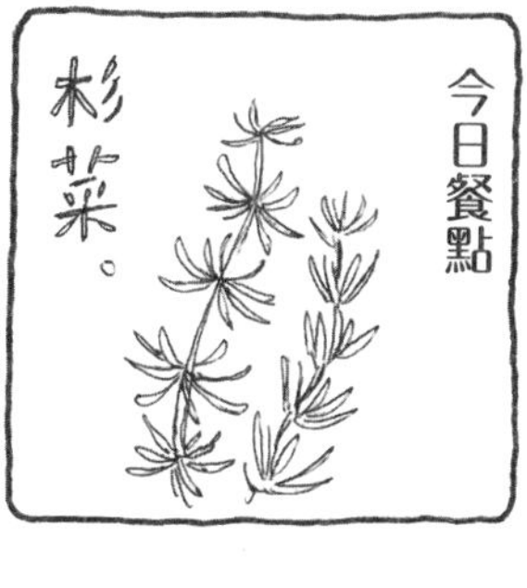
今日餐點
杉菜。

數十年來
這裡都亮著
奇異的火光
妻子喜愛發光的東西
我猜想她或許會來
然而這裡已不如
從前明亮……
對了
我以為這是
巨大的板豆腐
期待落空了……

✐事先申請導覽巴士，就能入園參觀日本核電開發研究所。JRR-1（Japan Research Reactor No.1）是日本第一座研究用核反應爐，現已除役，成為所內保管的文物。

2014.5. 東海第一発電所

「日之鳥啊
想與我結為夫妻
請蒐集五種石頭」
我曾這樣對妳說
每當我看見
與妳當時送我的
石子相似的石頭
夫妻共度的回憶
便排山倒海而來
想必妳已經忘了
是哪種石頭
才會窩在那兒
睡午覺吧

今日餐點
似乎有作夢，
醒來就忘記了。
蒲公英。

✎中間的條紋煙囪就是第一核電廠，現正進行除役作業。休廠檢驗的第二核電廠煙囪在遠處若隱若現。補充說明，日本第一座核能發電爐JPDR已完成除役，該區域為閒置狀態。

大嘴烏鴉

鸕鷀

3年4個月後的
相馬・南相馬・福島

在家門前拔草的太太
等距離保留下紫花酢漿草。
相馬市
福島市
南相馬市
0
50
100(km)

相馬

震度：6弱

海嘯觀測站所測得的觀測數據：最大浪9.3公尺以上 ☆1

觀測站曾在遭受海嘯衝擊後暫時停擺、無法取得數據，因此後續可能出現未觀測到的更高巨浪（氣象廳）。

南相馬

震度：6弱 ☆1

市內的海嘯受災總面積：40.8平方公里 ☆17

福島

震度：6弱 ☆1

福島縣全區的住家受災情形：

〔全毀〕21,124棟 〔半毀〕72,652棟 〔部分損毀〕165,813棟 ☆18

2014.7. 相馬中村神社
相馬中村神社

衝啊！
弟兄們跟上！
……嗯？
為何不動？
……什麼？
因為我跑得慢
你們怕會追上我
特地晚三百公尺
出發？
……
兩位真是貼心
……

今日餐點
弟兄們，
這裡長著車前草！

＊日本福島縣相馬市延續千年的比武賽馬傳統慶典，每年夏天都能吸引上百名騎馬勇將和遊客到場參加。出陣儀式於中村神社舉行，此活動曾因311大地震而暫時停擺。

相馬市即將在五天後舉行氣勢萬鈞「野馬追＊」活動，神社參道邊可見馬的賽道。
神社境內的年輕人有說有笑地保養武具。

人們或許會
笑我是
無根的浮萍

而有些人
總愛惡作劇
騙人這裡是陸地
將人推入池塘
我跟他們不同
可別混為一談

相馬中村神社是相馬氏族的古城遺址，環繞著美麗的護城河。
公園裡有許多提著捕蟲箱的親子和散步人群，與我擦身而過。

2014.7.百尺観音

今日餐點

杉菜。

觀音菩薩
請等等我
我這就去
帶妻子來
只要兩人合力
應該能把祢的腳
從岩石裡拉出來

✎某位佛像師傅獨自開鑿的岩壁大佛，但他還來不及完成大佛的腰足以下部分便去世了。
佛像在夕陽下散發出恬靜的氛圍，境內有不少窩著休息的貓。

＊小心空中電線

來喔
今天是我們
「卵生同盟」的活動日
要與胎生的諸位
見面有點害羞
所以提早集合

嘿咻！嘿咻！
消波塊寶寶
快快精神抖擻地
破殼而出！

今日餐點

我在蟬與樹鶯合鳴的清晨六點走過天香百合盛開的步道，巧遇消波塊製作工廠。

南相馬市・原町火力發電場旁

2014.7 原町火力発電所付近

別胡說！我……我才不是想模仿馬兒才綁馬尾！

今日餐點
我可不是想模仿薊花才說話帶刺喔！

✐聽到悅耳的馬蹄聲抬頭一瞧，發現路上走著兩匹馬。坡道上就是火力發電廠。

上面寫了什麼呢

「給二十年後的

故鄉的話」嗎……

這個嘛

我的故鄉位於

北國的山間希望未來成為

不再受暴風雪與野獸危害

的安全小鎮也希望能加速

促進舊礦坑的觀光產業解

決人口過少的問題活用當

地天然資源藉由雪壓和低

溫保存開發再生能源

…………

…………

…………啊

一口氣唸完差點昏倒！

今日餐點

聚合草。

✎國道6號沿線展開了「福島海濱櫻花步道計畫」。

路邊種了小小的櫻花樹，樹上掛著寫給未來的留言，相信數年後會成為漂亮的櫻花步道。

2014 7. 小高工業高校

今日餐點
看起來很美味的葉子……
獨活屬的植物嗎……?

嘿嘿
總算輪到我出馬
我乃
報時之鳥
當然要在這裡
善盡職責
同學們!
下課囉!

鄰近小高區躲避核災的高中，在曾因海嘯淹水的運動公園足球場興建了臨時校舍。
一位女老師走出來，對我輕輕點頭。

*公園裡的土、遊樂設施已除去輻射汙染

噓……
我們來玩
抓鬼遊戲*……
咦?
為什麼要
偷偷摸摸?
因為不想讓
燕子發現啊!

今日餐點

草莓的同類?

* 日本孩童玩抓鬼遊戲時,會伸出食指高喊口號、呼朋引伴,因此公雞才會翹起腳趾。

家家戶戶掛起「野馬追」的活動旗幟。
公園的沙子是混著小貝殼碎片的海沙。

2014.7. 原ノ町・磐城太田駅間

今日餐點
耶～！
發現野草莓!!

妻子啊
還記得初次
握住妳的手
我忍不住發出啼叫
興奮地飛上天
因為妳的手
宛如豔陽下的鐵軌
燙得不得了

* 日本文部省編纂的小學兒歌。

鐵路常磐線受核電廠事故影響而關閉，鐵軌間長滿了夏草。
走去一瞧，正好響起中午12點整的報時音樂〈我們是大海的小孩〉*。

2014.7. 福島駅前 古関裕而像（こせき ゆうじ）

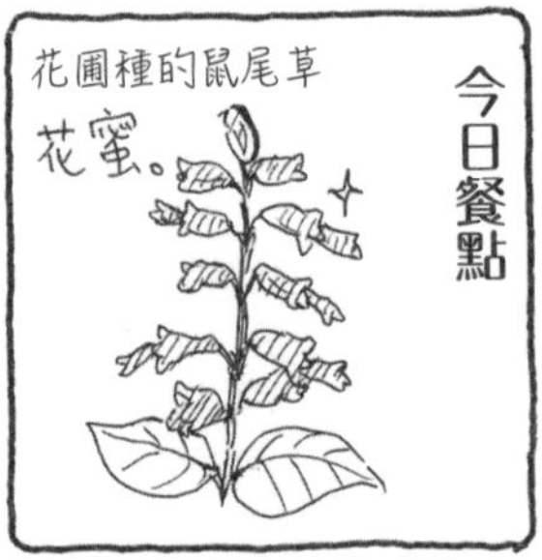
今日餐點
花圃種的鼠尾草
花蜜。

哎呀呀
老兄
想不到你
這麼容易怯場
才被三個人圍住
就嚇得渾身僵硬
這樣子可當不成
大人物喔

* 古關裕而（1909～1989），日本福島縣出身的知名作曲家，曾獲頒紫綬褒章（授予學術、藝術、運動領域中貢獻卓著者）與勳三等瑞寶章（授予長年從事公務功績受到推舉者）。

福島車站是百花盛開的美麗車站。
偉大作曲家*的小型雕像設置於車站旁，每隔1小時會播出不同的音樂。

除染作業中
2014.7. 飯館村. 臼石

＊去除輻射中

唔
這裡有可疑的
黑衣集團在
清除雜草和雜枝！
他們不吵不鬧
和樂融融地
坐在一起！
……
這樣看來
猛盯著他們
的我似乎
比較可疑。

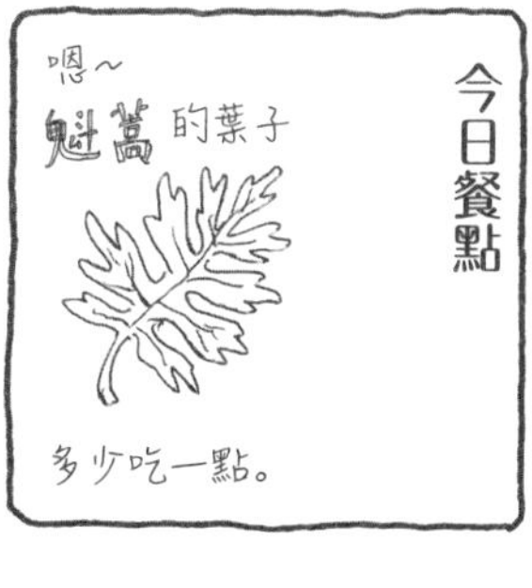
今日餐點
嗯～
魁蒿的葉子
多少吃一點。

從南相馬坐公車前往福島車站時的窗外風景。
沿途可見「小心空中電線」與「去除輻射中」的立旗，似乎正在進行大規模的去除輻射作業。

3年6個月後的花卷・大槌・釜石

從大槌的旅館窗戶望出去
全都是海……
大概是漁船的燈火

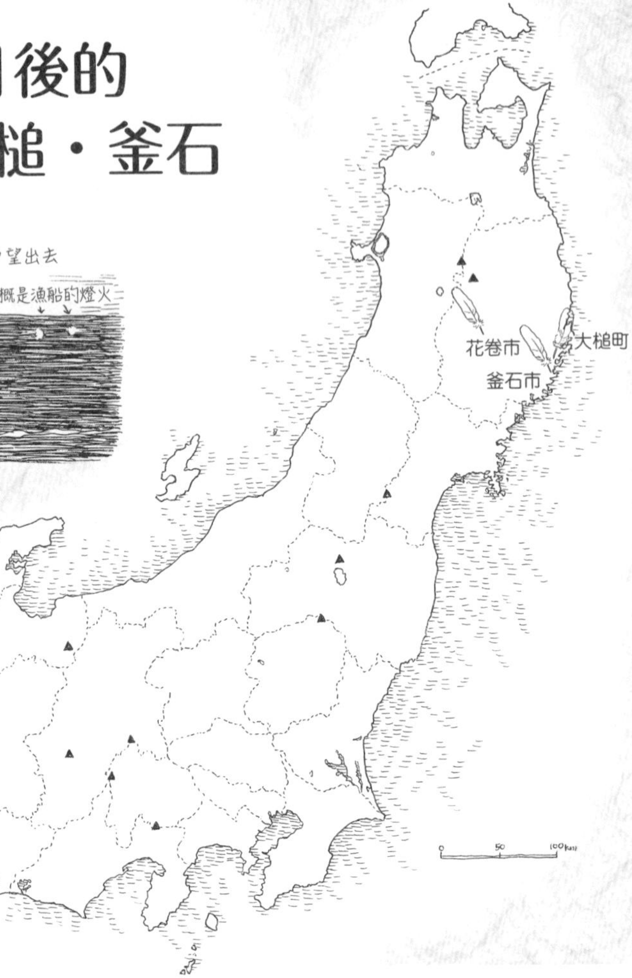

花卷市
大槌町
釜石市
0
50
100km

花卷

震度：6弱 ☆1

大槌

周邊震度：6弱（釜石市）

町內海嘯淹入高度（重點摘要）：吉里吉里漁港東側：22.2公尺

浪板（※海嘯上陸高度）：19.1公尺

吉里吉里：16.1公尺 ☆19

【岩手縣的復興情形：2】

●沿岸防護設施整頓計畫

縣／預定：105處　竣工：23處（22%）　施工中：82處（78%）

市町村／預定：29處　竣工：2處（7%）　施工中：24處（83%）☆20

2014.9. 花巻、イギリス海岸

妻子啊
剛剛
有隻蜻蜓停在
毛毛蟲的面前
即使毛毛蟲愈走愈近
蜻蜓面對毛毛蟲
依然不為所動
毛毛蟲搖晃前進
直到長長的刺毛
碰到蜻蜓
牠才急匆匆地飛走
妻子啊　如果
今天能與妳相見
請什麼都別問
我只是想這樣
與妳閒話家常

藍花韮！可以吃嗎？
今日餐點
吃吃看應該無妨……？

* 日本岩手縣花卷市是詩人、童話作家宮澤賢治的故鄉。

這裡是北上川中游，既不是英國也不是海，宮澤賢治*卻如此命名。
計程車司機只用單手的食指和中指便輕鬆抓到蜻蜓。

我發現了
四周白花盛開
金色稻穗隨風起舞
河川波光粼粼的
花卷小鎮

花兒掉落河面
被漩渦捲走的
花卷小鎮

不僅如此
這裡的人似乎
熱愛漩渦
人手一支霜淇淋

＊花卷慶典「追花車」已延續400多年的歷史，於每年9月舉行，現場可見華麗的神轎與花車，熱鬧非凡。

✐從販賣人氣巨大霜淇淋的丸間百貨餐廳望見的風景。
最近似乎即將舉行傳統慶典，擺有許多華麗人偶的花車＊正在街上準備。

あぶないから
入ってはいけません
2014.9. 浪板海岸

*危險勿入

啊
還記得四年前
我們在賀年活動
表演了夫婦漫才*
的才藝
當時
妻子吐槽
之猛烈
有如眼前大浪

今日餐點
是
虎杖
唷。

* 以「吐槽」和「裝傻」為主的日式雙口相聲。

✐睽違三年再訪浪板海岸，沙灘的範圍似乎稍微增加了一些。
儘管從前「浪散沙灘」的奇景已不復見，卻也別有一番魄力。

2014.9. 蓬萊島(ひょうたん島)

今日興致好
來玩玩
「葫蘆島家家酒」
我負責扮演
燈塔一角……
……
不過
紅毛鬥雞兄若是路過
要我讓出這個要角
也沒問題

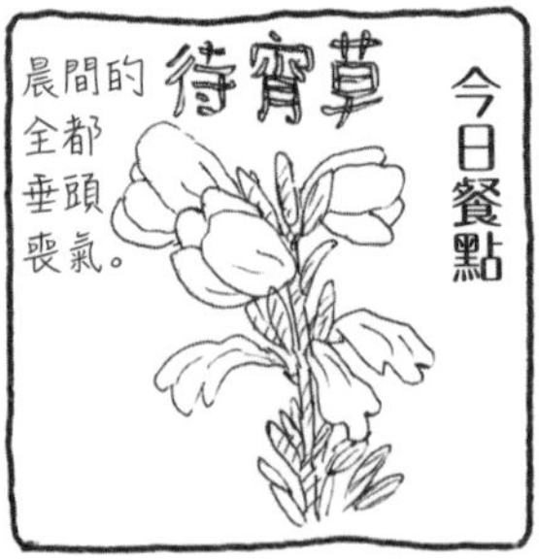
今日餐點
待宵草
晨間的全都垂頭喪氣。

睽違三年，經由加高的車道再訪「葫蘆島」。
象徵復興的紅燈塔透過大眾募款，順利重建。

2014.9. 元大槌町役場

妻子啊
我發現
要時時刻刻
牢記失散之人
其實並不容易
然而
忘不掉失散之人
絕非可恥之事
對吧
三年前
我在這裡思念著妳
而今再望向停駐的指針
不禁又想起愛遲到
卻總盛氣凌人的妳

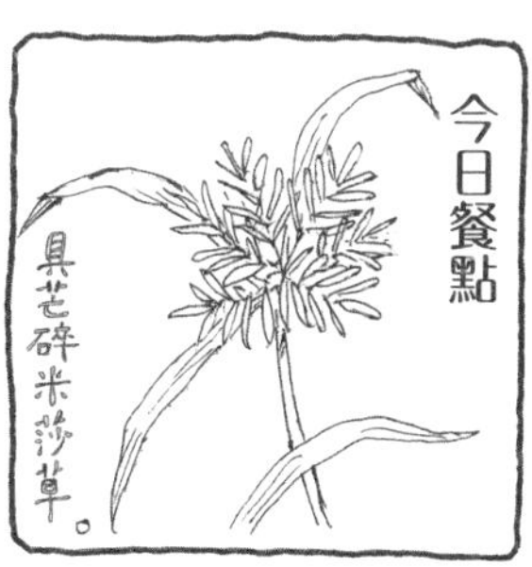
今日餐點
具芒碎米莎草。

前大槌町區公所作為震災文物被保存下來，周邊圍起了白色圍籬。
正門的白地藏前供奉著花與紙鶴。

2014.9. 大槌町
元役場付近

各位請看！
這裡竟然出現
一座綠洲！
不僅如此！
象也來了！

來人啊
快拿香蕉
過來！

今日餐點
沒辦法……只能請
象先生吃紅萩草。

前大槌町區公所靠海，附近卻湧出一座非海水的甘甜小池塘。
不知從何處漂流至此的小象雕像鎮守池畔。

喂喂
你說誰是
「旅行的烏鴉*」？
你才是
毛茸茸又沾滿灰**的
臭貓呢
什麼？
你說誰
「灰頭土臉」？
…………
…………
……好吧
咱們五十步笑百步
「不知何去何從的
烏鴉與貓都很辛苦***」

* 日本俗諺，指「無巢之鳥」，譏笑他人四處旅行、居無定所之意。
** 日本俗諺，指「真是夠了」，讀起來有種諧音打油詩的韻律感。從前貓咪喜歡躲進灶裡取暖，因此常沾得一身灰。
*** 此句同樣帶著打油詩的趣味。此外，「很辛苦」和前面「毛茸茸」使用了同一個日文單字（けっこう）的不同語意。

走在這條街，會不禁感嘆石灰做的觀音像也經歷了不少歲月風霜。
我走進街上的小餐館，吃了清湯拉麵。

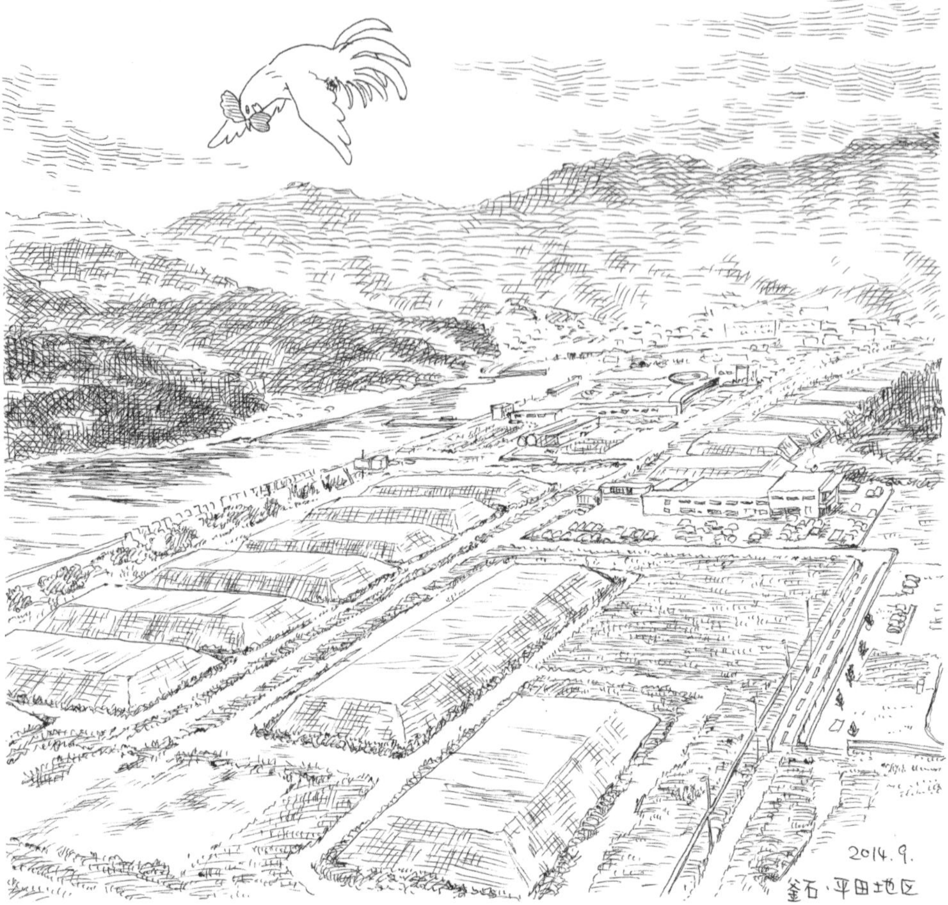

〈問〉
這些排排站的
長方形物體是什麼呢？
①鯨魚的砧板
②大觀音及夥伴的床
③妻子悄悄準備的
手工巧克力（心）

〈答〉
③……?!
我怎麼知道！

✐應該是上方蓋著塑膠布的港灣施工用砂石。
建於海角的釜石大觀音胸前設有觀景台，這是從觀景台右側望出去的風景，左側是海。

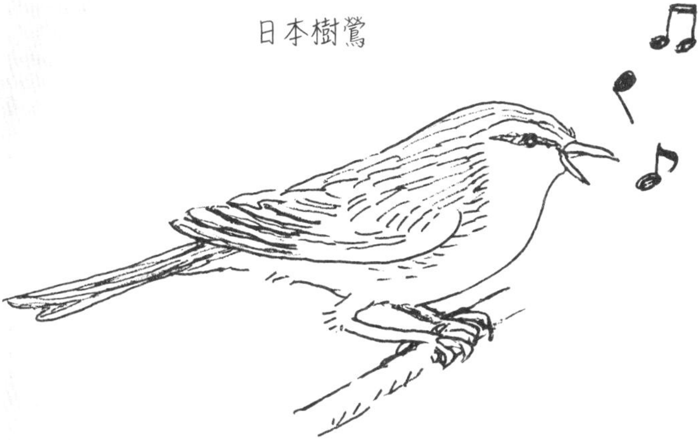
日本樹鶯

燕子

3年9個月後的石卷・女川

女川的希望之鐘商店街有賣秋刀魚便條紙唷

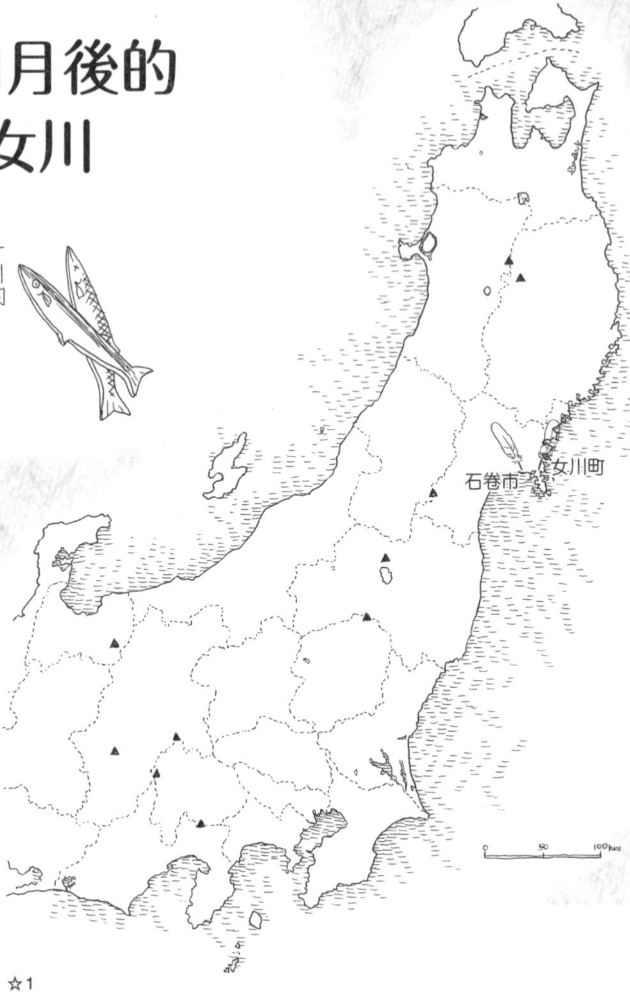

石卷

震度：6強 ☆1

海嘯高度：最大浪8.6公尺以上 ☆21

女川

震度：6弱

海嘯高度：最大14.8公尺

建築物災情：住家／〔全毀〕2,937棟 〔大規模半毀〕166棟 〔半毀〕160棟 〔部分損毀〕625棟

非住家／〔全毀〕1,396棟 〔大規模半毀〕13棟 〔半毀〕25棟 〔部分損毀〕52棟 ☆22

【宮城縣的復興情形：2】

沿岸防護設施／受災地點：74處

復興工程動工：70處（約95%）

竣工：14處（約19%） ☆6

哦哦?!

瞧那無比輝煌

英姿煥發的背影

該不會是……

妻子?!

……可是

她似乎在生氣?

或者在埋頭進行

某種破壞行動?

……

我應該出聲

還是靜靜守候呢

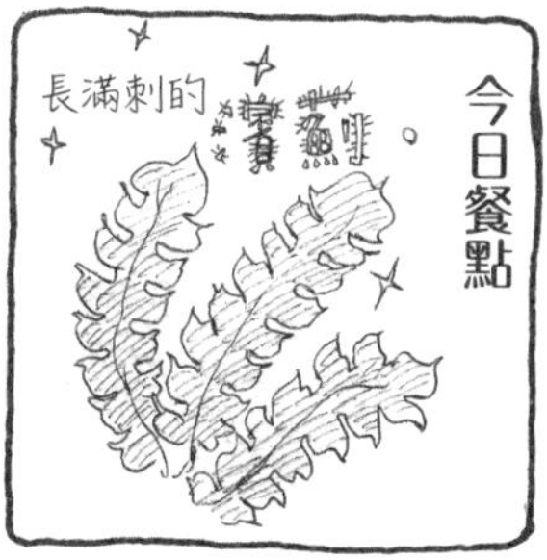

✐瞇違兩年再訪石卷，從西內海橋望見的風景。

橋的欄杆已經換新，石之森萬畫館也重新對外開放，沿著河面吹來的海風，已不再帶著腥臭。

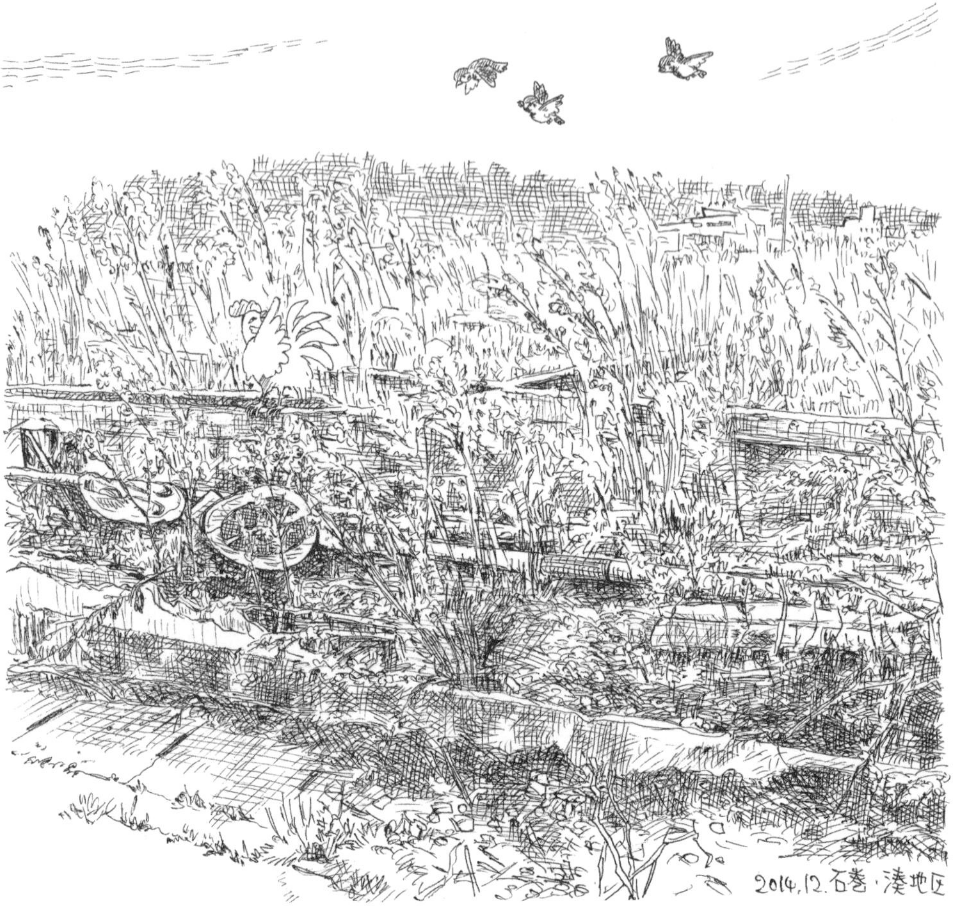
2014.12.石巻・湊地区

今日餐點
荒野中也有
魁蒿果實。

噓……
路牌先生
在睡午覺
真是難為他了
平時
不分晝夜地站著
難怪過勞了
偶爾讓他
休息一下吧

✎這附近麻雀似乎特別多。
兩年前，牠們會停在日本正教會的教堂上，現在則成群擠在震災後倖存的樹梢上。

2014.12.石巻・湊地区

小船啊
你如何能夠
游到這片草原
雪花啊
你如何能夠
飛越青空而來

或者和我一樣

一味找尋著
思念之人
才回過神
便來到了這裡

今日餐點

沾了泥巴
變成淡褐色的
車前草。

如田地般平坦的荒原上，不時見到修建用機材中停放的船隻。
此處仍零星殘留壞掉的屋舍。

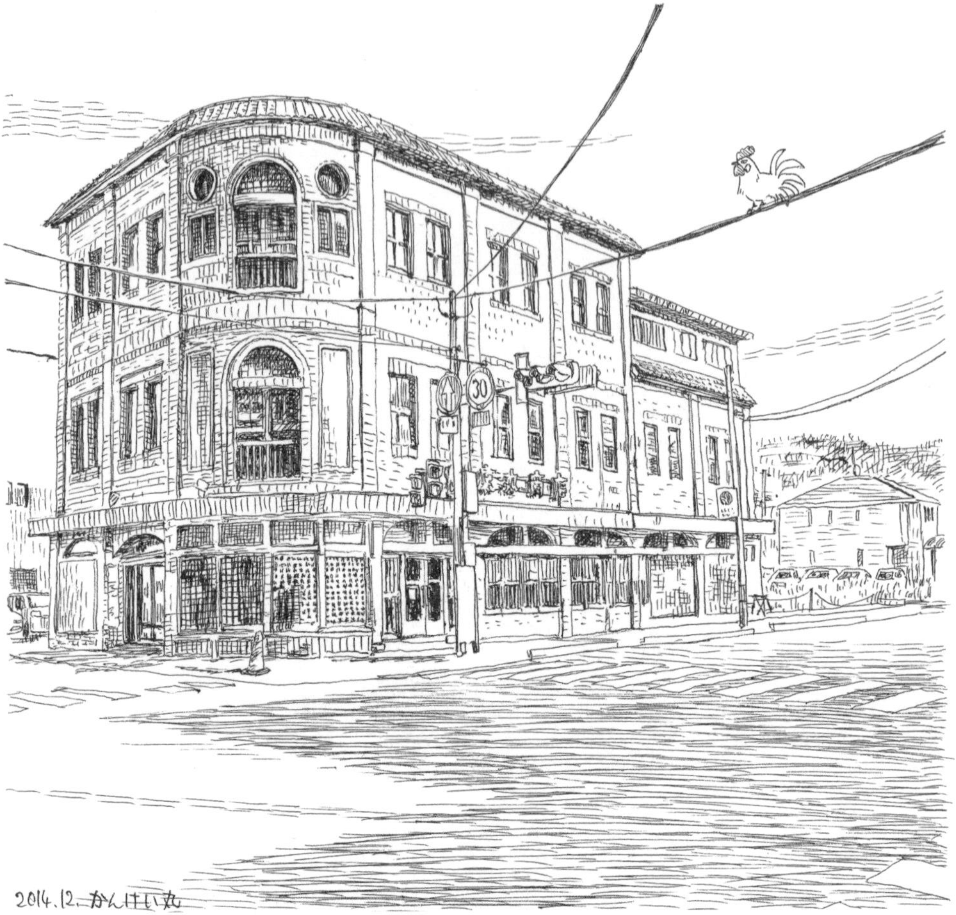

今日餐點

常吃的紅萩草葉子。

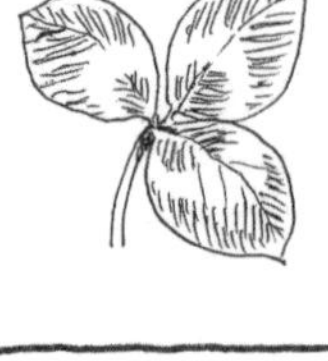

這棟建築物
長得有點像……
虎皮鸚鵡
對吧？

原為昭和4年（1929年）興建的陶器店洋房。
聽說二樓是石卷市第一家販賣咖哩飯的餐廳；一樓外牆受海嘯侵襲而多處受損，現在關閉中。

2014.12. 女川町・コンテナ村入口

喂——妻子啊
我在這家店找到
很適合妳的
項鍊……不
髮飾……不
戒指！
是戒指！
單身的各位聽仔細了
難得送戒指給另一半
若是尺寸太小戴不上
可是會造成反效果喔
女性的尺寸
多抓一點
乃紳士的禮儀

今日餐點
鮮紅色的
落霜紅

我在聖誕節的早晨來到女川町。
從大型建設器械穿梭的馬路走向山坡上的商店街，眼前竟出現如此巨大的聖誕花圈，在朝陽下閃閃發光。

2014.12、浦宿ー女川駅間
うらしゅく

今日餐點
冬青衛矛的樹果？
開動囉！

面對面
傾倒貨台
卸下砂石後
你向前一步
我退後一步

卡車在跳
求偶舞吧
多麼惹人
微笑的一幕

兩台卡車邊卸下砂石邊往左（女川車站方向）移動，右邊有兩台怪手將砂石鋪平於地面。石卷縣正努力修復最後的封閉路段。

2014.12 地域医療センターへの階段

各位或許已經
察覺到了
我只要看到階梯
就非爬不可
不愧是
快活男子*

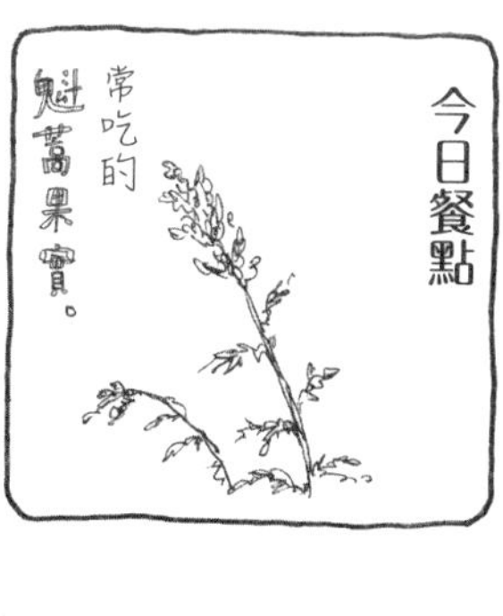
今日餐點
常吃的
魁蒿果實。

*「快活」音同日文的「階梯」。

沿著扶手歪斜的長階梯而上是一座醫院，聽說海嘯曾淹至一樓的天花板。
院區立起石碑與慰靈塔，供奉著許多鮮花和飲品。

2014.12
旧女川交番

哈囉哈囉
可以稍微借我
躲雨嗎
不　正確來說
是躲雪才對
更正確來說
我只是站在
窗軌上

今日餐點
車前草的
花穗。

✐橫倒在地的女川派出所被評為重要的震災相關文物，可能就此留存。
即使颳著大雪，重建工程仍不停歇。

2014.12
おんな
女川・下清水
橋(仮橋)付近

淋瀑布是
很棒的修行！
尤其在這
寒冷的早晨
可以徹底洗淨
塵世煩憂
沉澱心情
……
什麼？
我從沒說過自己
正在淋瀑布吧？
聽我厭煩的語氣
就知道了吧？

今日餐點
在枯草堆裡發現
繁縷草雪酪。

這座可憐的瀑布本來應該要去會情人（女川）的。
正在蓋堤防的河川雖緊鄰大海，卻有鯉魚優游其中，還有鷺鷥與鴨相伴。

妻子啊　我
總是在想
妳會不會突然從轉角
飛奔而來？
會不會撥散灰雲
從天而降？
會不會推開水溝蓋
奮力躍出？
或用雷鳴般的歌聲
粉碎群山
甚至口吐火焰
眨眼將馬路
化作燃燒的柏油河
……
妻子啊　真奇妙
每次思念妳後　背脊
都會微微發涼呢

今日餐點

路旁有扇貝的殼。

偶爾也要補充鈣質……

國道雖已修復整頓完畢，路邊仍不時見到只剩地基或門的荒廢土地。角落廢棄的鍋子裡堆滿砂石，還有一支雞毛撢子的斷柄。

蒼鷺

花嘴鴨

3年11個月後的
釜石・大船渡・陸前高田

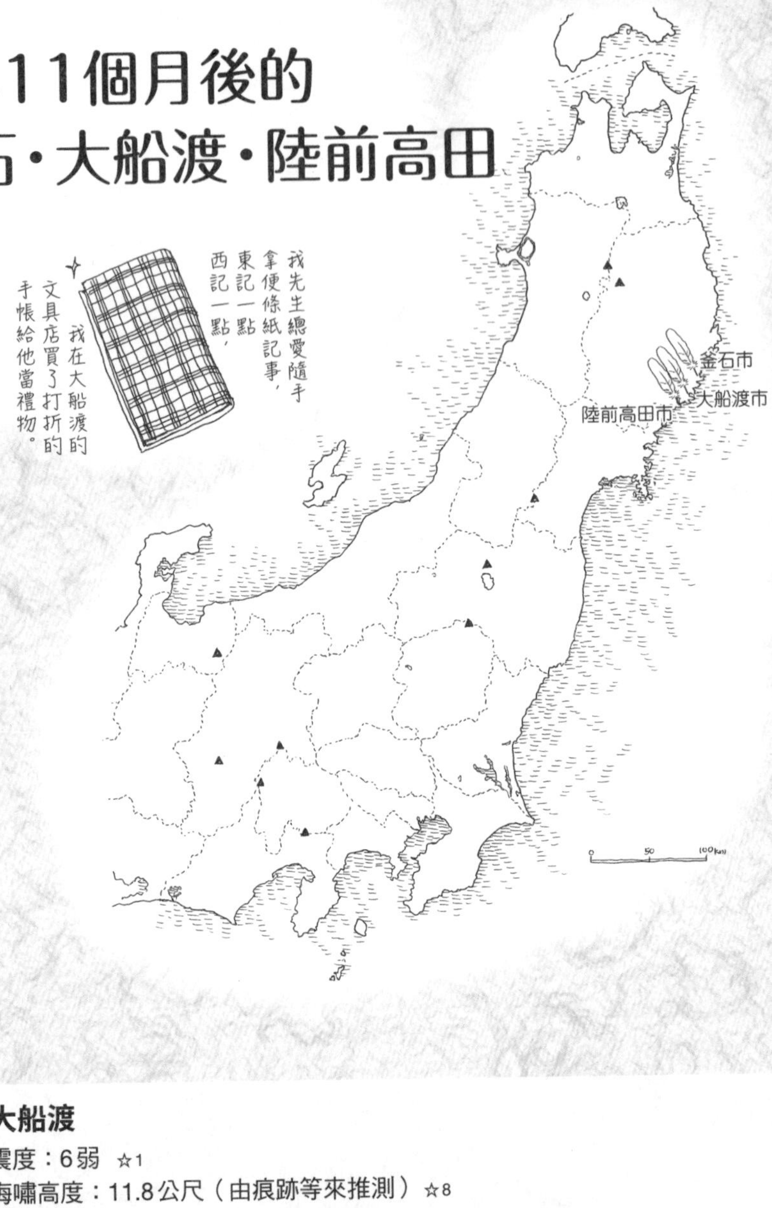
我先生總愛隨手拿便條紙記事，東記一點西記一點，
我在大船渡的文具店買了打折的手帳給他當禮物。
釜石市
大船渡市
陸前高田市
50
100km

大船渡

震度：6弱 ☆1

海嘯高度：11.8公尺（由痕跡等來推測）☆8

陸前高田

震度：市郊震度6弱（從大船渡觀測站推測到的數據）

海嘯淹入高度：17.6公尺（高田町法量）☆23

【岩手縣的復興情形：3】

災害廢棄物（瓦礫）：約618.4萬噸已清除完畢 ☆20

我已經數不清
來過這裡多少次
每次造訪
街景都不太一樣
唯有鐵工廠的白煙
不曾改變地
溫柔撫慰

今日餐點

枯草中遇見
繁縷草的芽。

最初創作這部作品時來過附近，原有的建築物已全數拆除，剩下土堆。
現場用縱切的塑膠水管等材料做出臨時水溝。

釜石市役所
釜石市役所
HONDA
2015.2
釜石市役所前

早安！
讓我略盡棉薄之力
為您暖好機車坐墊
祝您工作順心！
對了
雖然可能會
耽誤一些時間
但要不要
在後座的外送箱中
放點熱呼呼的披薩呢……
那麼
引頸期盼
您的歸來！

今日餐點
嗯……
不抱期待……
我吃繁縷草的芽
就好……。

✐釜石市公所分成好幾棟。第五廳舍前停著帥氣接下新任務的外送機車。

妻子啊
昨晚下了雨
每下一場雨
春天的腳步
都更近一些

我現在
聽不見
妳的腳步聲
但妳一定正在
某處高飛吧

今日餐點

圓齒野芝麻草。

✎縣道4號沿線的店面出租看板增加了，看來城市正逐漸恢復活力。
流經市街的甲子川，連夜晚都能聽見黑尾鷗的鳴叫聲。

2015.2.平田駅
へいた

我是不是該買
智慧型手機
辦個門號呢……
多上網交換
海邊的情報
是不是更能掌握
妻子的消息呢……
但只限岩手縣嗎……
是說……

「岩手啊，海邊來」

岩手、海邊、LINE（來）
是這個意思對吧
「啊」這個字
是多出來的吧?!

今日餐點

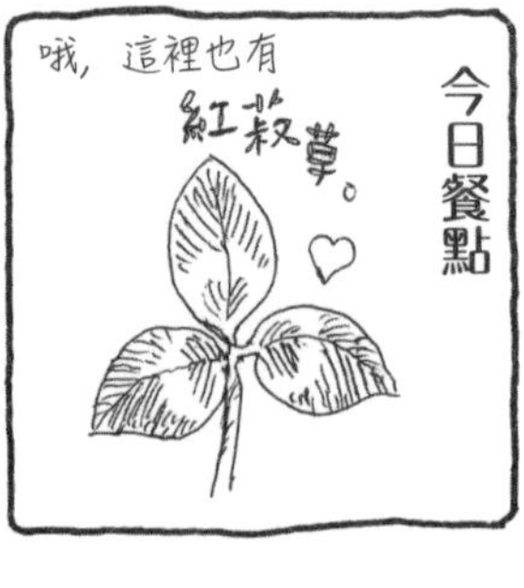
哦，這裡也有
紅菽草。

✎平田車站屬於南谷灣線，還是舊階梯，不過車站大樓煥然一新，裡面貼著「暖桌列車即將通行」與「岩手啊，海邊來」標語的海報，原來後者是當地話，意指：「要不要來趟岩手縣之旅？」

妻子啊
從前這裡採得到
妳最喜愛的
金礦呢

妻子啊
如今在波浪間
閃閃發亮的
不是金子
不是粼粼波紋
而是在睡午覺的
成群海鷗
妳可別一股腦地
衝進去啊

今日餐點

* 松島為日本三大美景之一，位於宮城縣松島灣，是由260個小島組成的群島。

搭乘南谷灣線時，窗外不是隧道就是美景。行經甫嶺車站時，可瞥見美不勝收、宛如松島*縮影而獲「小松島」之稱的越喜來灣。車內廣播也如此介紹。

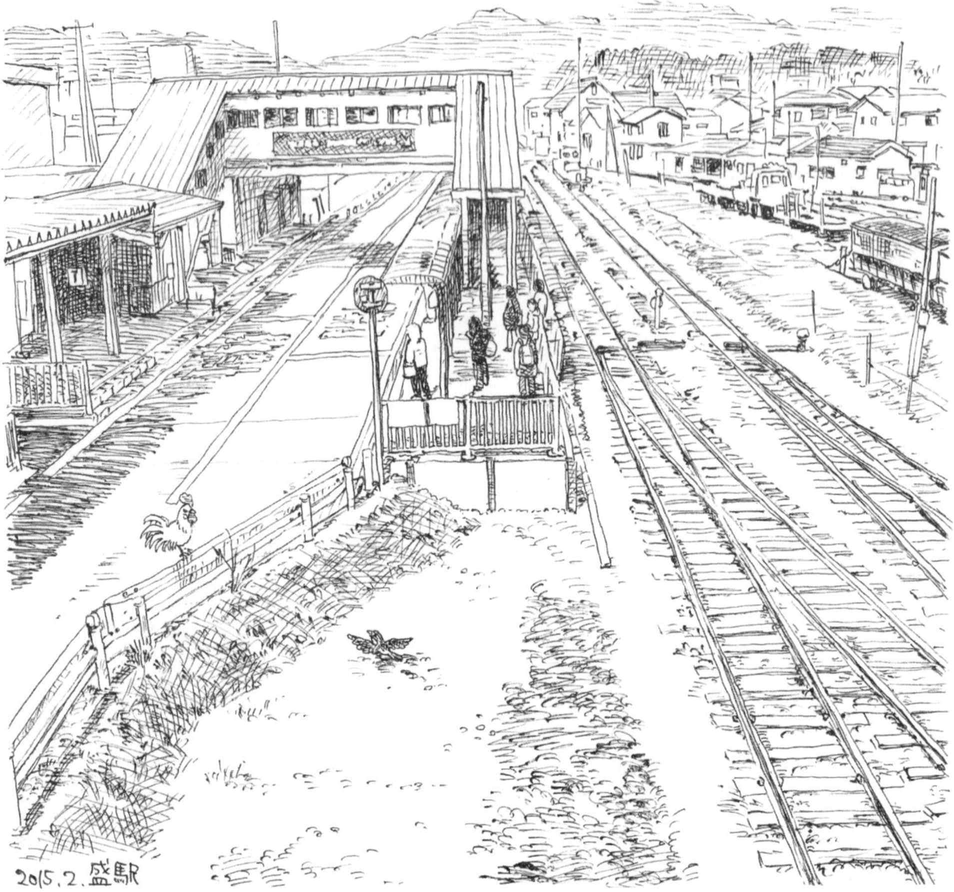

「首先呢
最右邊的貨物線是
岩手開發鐵路
中間這條則是
三陸鐵道南谷灣線
然後最左邊
也就是雞兄身後那條
是ＢＲＴ的
Dragon Rail大船渡線
咦？
你不知道ＢＲＴ？
當然是公車捷運系統啊
咦？
你說我們這些
沒見過世面的斑點鶇
為什麼要穿越鐵路？
因為想多看幾條鐵軌
增廣見聞啊！」

今日餐點

日光下的
繁縷草嫩葉

和斑點鶇兄一起享用。

盛車站裡一共有三條線，原先的大船渡線已改為公車道，鋪上柏油路。
右側通往水泥工廠的貨物線，不時駛過載著大量白沙的長列車。

2015.2 大船渡 笹崎

妻子啊
一陣子見不到妳
我的身邊
逐漸蓋起了
未來都市

這樣說起來
我也逐漸老去
就快成為
未來紳士了

今日餐點

沾了褐色泥土的蘆葦穗。

✐從BRT（公車捷運系統）的車窗看見建設中銀光閃閃的塔，猜測是海嘯避難用建築物。

……

……

……

……原來是風箏

虧我遵循

紳士雞的禮儀

連續飛行三分鐘

真丟人啊

今日餐點

沾了褐色泥土
的魁蒿
花穗……。

大船渡線BRT駛過忙於修復工程的大片原野。
車窗玻璃因飛揚的塵土變成了霧面，但仍不時透著在原野上踢足球或放風箏的民眾身影。

黑尾鷗

海鷗

斑點鶇

4年後的磐城

Spa度假村Hawaiians*的客人會在頭髮和脖子上戴上花朵。

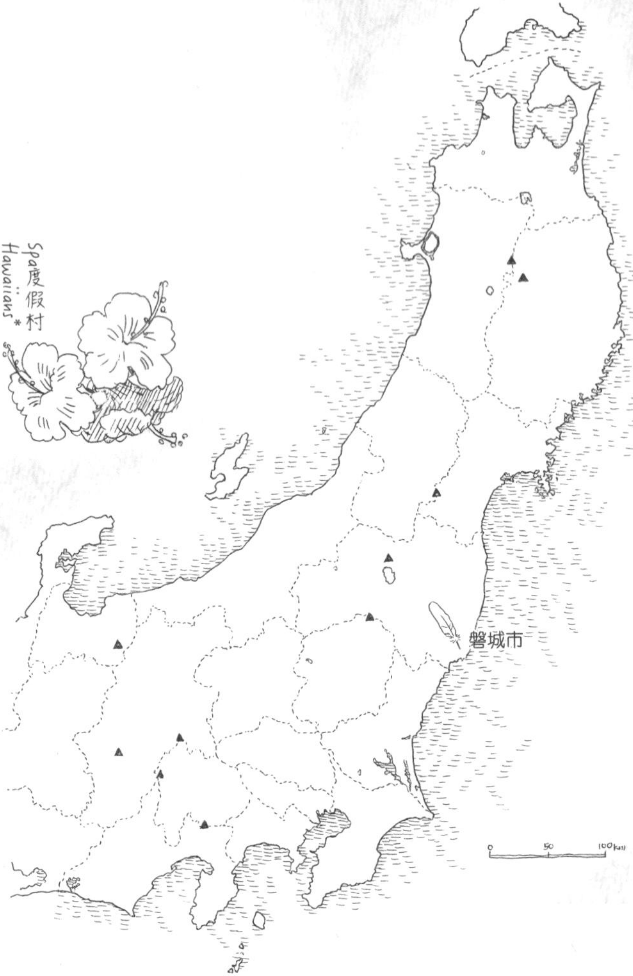

磐城

震度：6弱 ☆1

最大海嘯高度：8.57公尺（平豐間）☆24

福島縣內的避難區域：

●返鄉困難區域：約9,000戶24,100人

●禁止居住區域：約8,300戶22,700人

●避難指令預備解除區域：約8,000戶23,600人 ☆25

【福島縣的復興情形：1】

●地震、海嘯受災戶公營住宅興建進度：
　預定戶數：2,807戶　完成戶數：2,600戶（92.6%）☆26

●核災受災戶公營住宅興建進度：
　預定戶數：4,890戶　完成戶數：1,167戶（23.9%）☆27

＊位於日本福島縣磐城市的大型水上遊樂飯店度假中心。

今日餐點

嗯……
在岸邊撿到
這種海藻。

妻子啊
海浪日積月累
堆砌出我的年歲
卻也逐漸帶走了
妳的身形

記憶中的妳
是否正如
逐漸老去的我
靜靜堆砌在
大海的
某個角落呢

✐距離地震已過四年，沙灘的修復工程仍未結束，禁止進入。
消防人員面向大海站成一排，後有大群黑尾鷗。當地居民站在遠方，與消防人員一同合掌禱告。

2015 3
永崎地区
「へそ石」

這顆「肚臍石」
曾漂流至千葉縣
不但散播疾病
四年前更潛入沙裡
喚來巨浪
於是人們用水泥
將它固定在此
不讓它再次作亂
……
……
來！
請享用肚臍石
煮的茶！

今日餐點

海桐？
的葉子。

除了最後三行，其他都是當地婦人說的話。崖邊架著數公尺長的梯子，可以走下沙灘。福島自古相傳「肚臍石」一動便會引起災禍，於是人們將它連同「兜石」及「鮑石」固定在此，但它仍因海水侵蝕沖刷而消失十年以上，直到震災後才被人從沙裡挖出，重新固定。

＊BIG MAHALO（夏威夷語為謝謝之意）謝謝

相傳火之女神遇見
舞藝精湛的女孩
因而妒火中燒
燒燬整座村莊
將女孩變成岩石
所幸在花之女神的
歌聲引導下
女孩的靈魂化作
美麗的花兒
村莊恢復和平
重新化作樂園
……
今天由我扮演
樂園裡的小鳥
演得太過盡興
錯過退場時機

今日餐點

球序卷耳菜
抽出了
新芽。

✎磐城市利用礦坑湧出的溫泉開了「Spa度假村Hawaiians」，每天舉辦大型舞台表演。
3月時公演的劇場《Hopoe傳說》取自夏威夷神話。

片麻岩
2015.3.「ほるる」内 岩石園

今日餐點
阿拉伯婆婆納*
名字
真怪
可惜了
美麗的花。

「日之鳥啊
有生命之物
為何藉由吞食生命
來維繫生命呢
日之鳥啊
蟲魚花果我都不要
我只愛蒐集石頭
但偶爾也會遇到
有生命的石頭呢」
妻子啊
我當時雖然聽不懂
但這裡會不會
有妳說的石頭呢

* 學名為Veronica persica的被子植物，日文意為「巨犬的陰囊」。

磐城市煤炭化石館「霍魯魯」同時展示了磐城的史前時代及近代歷史。
館內有趣到令人想住下來，戶外角落還有鬧中取靜的廣場。

我總是充滿活力
因此喜愛明亮的東西
但我也沒什麼耐性
因此喜愛短的東西
此外
由於我嗓門嘹亮
因此喜愛荒野的風
眨眼便將我的歌聲
遞向遠方

所以我
早說了？
我討厭隧道！

今日餐點

多頭苦菜的葉子……？

✐煤炭化石館「霍魯魯」保存了於昭和51年（1976年）關閉的最後一座礦坑口。
由於坑道內是朝下的陡坡，故將礦車的貨台設計為傾斜狀。

4年2個月後的亘理・東松島

亘理

震度：6弱 ☆1
海嘯淹入高度：約7.3公尺 ☆28
住宅災情：〔全毀〕2,568棟 〔大規模半毀〕285棟 〔半毀〕920棟
〔部分損毀〕2,448棟 ☆29

東松島

震度：6強 ☆1
海嘯淹入高度：最高10.35公尺（野蒜海岸　北側區域）
住宅災情：〔全毀〕5,451棟 〔大規模半毀〕3,046棟 〔半毀〕2,466棟
〔部分損毀〕3,558棟 ☆30

【宮城縣的復興情形：3】

●災害公營住宅規畫
規畫戶數：15,917戶（21市町總計）
動工戶數：14,423戶（目標達成率90.6%）
竣工戶數：8,659戶（目標達成率54.4%）☆6

2015.5.
亘理町・鳥の海

哦呵呵
真的是
「鳥之海」呢
各位知道
鳥類為何喜歡
聚集海邊嗎
因為可以
盡情練嗓啊

今日餐點

早熟禾
……嗎？

「鳥之海」是橢圓形的內海，中央有座以橋相連的小島，但橋目前仍在封閉整修中。
傍晚附近充滿鶺鴒、灰椋鳥、葦鶯、歐亞雲雀、麻雀和燕子的鳴叫聲，熱鬧無比，不愧為「鳥之海」。

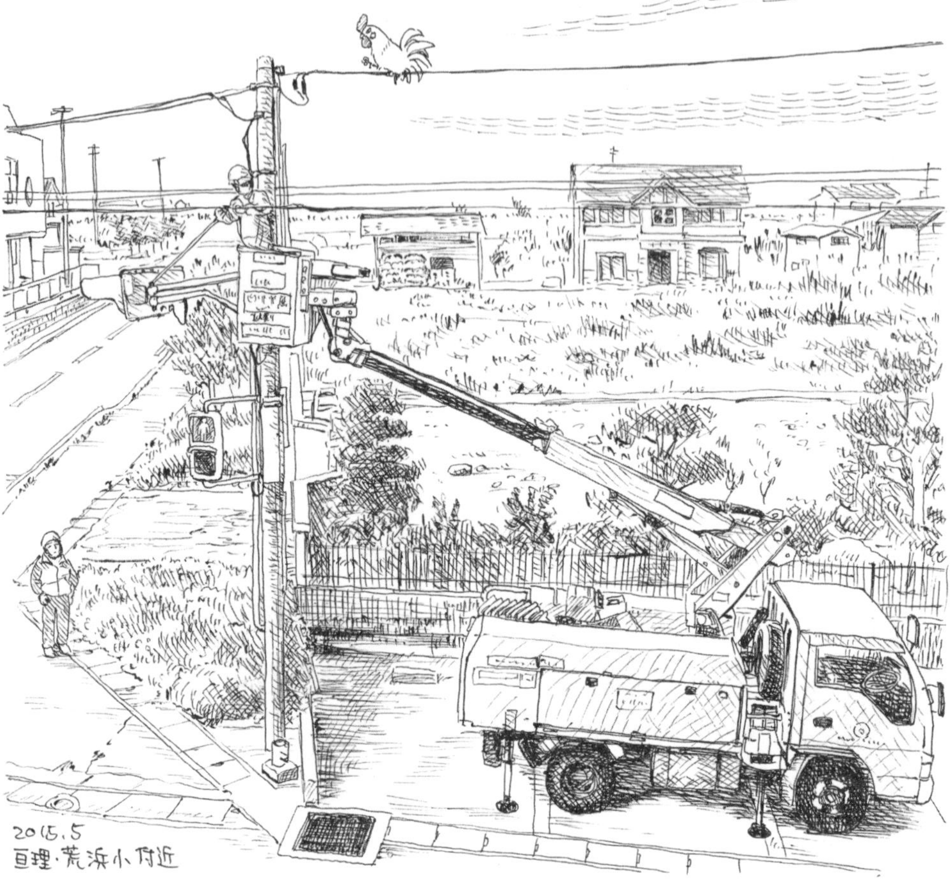

真稀奇啊！
竟然有人類想
站在電線上！
上面很危險
請抓牢喔

當天一進旅館，窗外剛好有人在修電線。
這一帶天黑後會全暗下來，甚至不見民宅的亮光。過了晚上11點，連紅綠燈也不亮了。

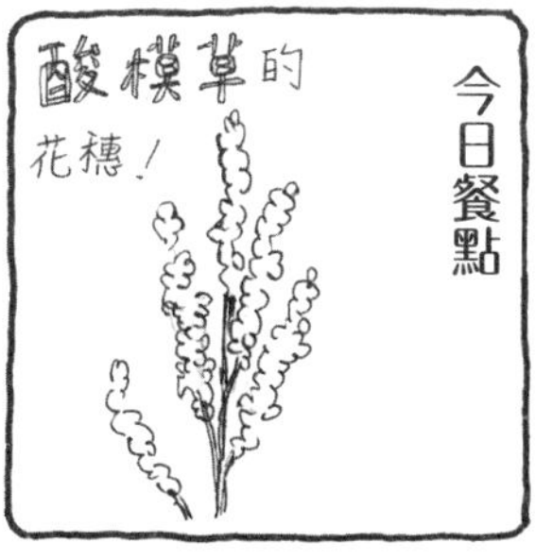

「噢——
尋妻之旅嗎
小生的內人
也走了……
成了鰥夫呢
小生是海鷗鰥夫
是形單影隻的鳥
換句話說
我過著沒有妻子
的無聊生活
……………
別瞪我嘛！
小生的確個性古怪
但絕不婆婆媽媽*」

* 在日文裡，「海鷗」與「鰥夫」；「形單影隻」與「鳥」；「換句話說」、「妻子」與「無聊」；「個性古怪」與「婆婆媽媽（原意為母鳥）」皆是諧音笑話。

堤防後就是阿武隈川，但因還在整修無法靠近。
草叢裡一早就傳來日本樹鶯的叫聲，卻不見其鳥。

喂～
各位讓一讓
這邊有人
急著上車
拍照請適可而止
否則會趕不及
東北樂天金鷹隊
的比賽

* 由石之森萬畫館與宮城縣石卷市合辦的「萬畫之國」社區營造計畫，主要展出作品為石之森章太郎代表作《人造人009》。

✐剛過正午，仙台發車的列車上，擠滿要去看東北樂天金鷹隊比賽的人潮，不過沒多久車廂又空了。來到高城町車站，再次出現小小的人潮，因為大家都在搶拍繪有人氣動畫主角的列車。

2015.5. 東名駅からの階段
とうな

各位請看！
通往空中車站的
石灰階梯！
新階梯通向新車站
一切亮亮如新！
請看！
用這嶄新的方法
爬上車站的我
恐怕是史上第一雞！

今日餐點
最後還是得
下樓梯，
去吃
羊蹄菜
的花穗
……

東名車站已搬遷至山丘，日前才恢復通車，因此站內暫無自動販賣機和洗手間。
儘管如此，依然可見帶著相機來拍攝新車站的民眾。

〈問〉
請問這裡從前有什麼呢？

〈提示〉
車開頭
站結尾

〈答〉
車前草、鐵軌、軌枕、月台和收費站

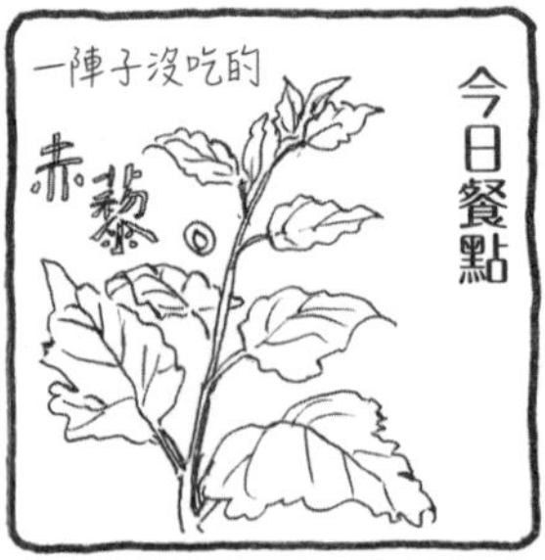

仙石線不久前才全面恢復通車，當地人對我說：「妳來遲一步，昨天很熱鬧呢。」舊東名車站則成了空地，地上堆著電線桿，不說根本不會發現這裡曾是車站。

風捎來了
白花的香氣
不愛花的妻子
曾啣起白花那
又大又圓的花瓣
我感到很意外
於是問了妻子
原來妻子誤將
白花認成我

但是
當時的花瓣
被啄得破爛不堪啊……

✎當天天氣晴朗，風卻十分強勁，不知從何處吹來我熟悉的花香，很像荷花玉蘭，也像北美鵝掌楸。

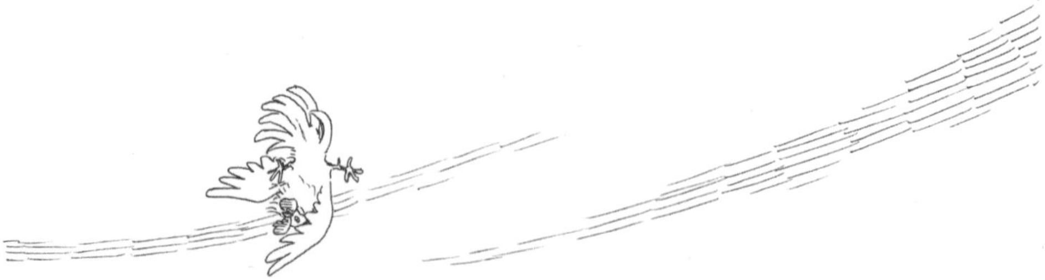

2015.5 東松島市 東名

看吶
如果我還年輕
也想振翅飛翔
而今如您所見
只想慢慢著陸
其他就交由
風來帶領

上了年紀的
好處就是
不愛逞強耍帥了

今日餐點
白三葉草。

原為住宅區的草原小徑上，只留下花朵圖案的地磚。
前方形成沙洲，沙洲對面的道路本來是海岸線，白浪不時拍打路面。

鶺鴒

灰椋鳥

大葦鶯

歐亞雲雀

4年2個月後的仙台・名取

這次預約了從仙台車站出發的
「導遊計程車」！
我沒返回
仙台，

請司機讓我在名取車站下車，
司機順道載我看了組合屋。

仙台

震度：6強 ☆1

名取

震度：6強 ☆1
海嘯淹入高度：9.1公尺（名取市閖上）☆31

【宮城縣的復興情形：4】
災害廢棄物清除情形及清除量：約1,160萬噸（目標達成率100%）
漁港復興工程／受災處：1,437處
動工：1,225處（目標達成率約85%）
竣工：543處（目標達成率約38%）☆6

2015.5.
仙台東部道路

今日餐點
南苜蓿。

妻子啊
剛剛是妳呼喚我嗎
哦……是夏風
妻子啊
剛剛是妳偷看我嗎
哦……是流雲
妻子啊　儘管妳
總是光彩奪目
在綠油油的初夏
找尋妳的身影
依然不容易呢……

✎橫亙眼前的是仙台東部道路。聽說這條距離海岸線約3公里、幾乎呈平行的道路，代替堤防承受了平原最大的海嘯。我行經新建的災害公營住宅，朝海岸前進。

2015.5. 若林区・荒浜小学校前

實不相瞞
我撿到錢啦
照著舊地圖
過來一看
…………
…………
如果有人撿到
失蹤的派出所
請盡快送到
派出所喔

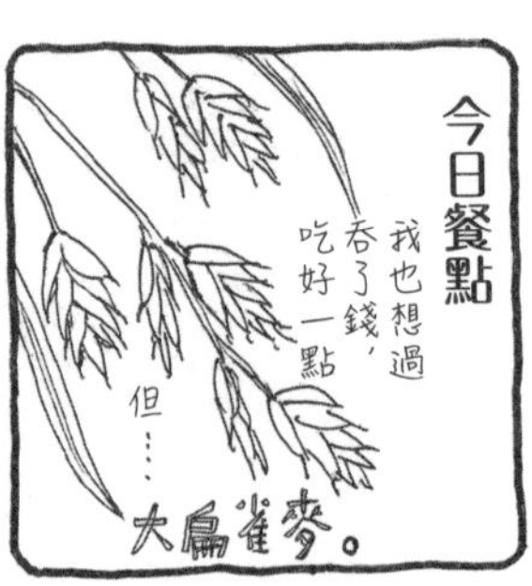
今日餐點
我也想過
吞了錢，
吃好一點
但……
大扁雀麥。

✐前方轉角原本是派出所，後面是郵局，走到底則是海水浴場。如今全部夷平，旁邊新蓋了一座觀音像。

2015、5、若林区荒浜・浄土寺

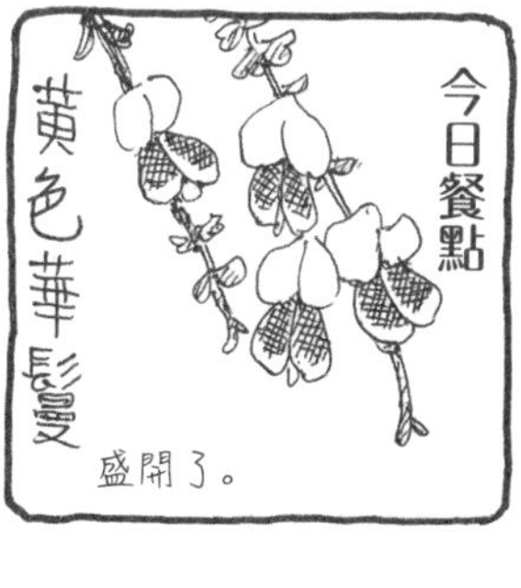
今日餐點
黃色華鬘
盛開了。

什麼！
外觀如大叔
顏色如大象
所以才叫
地藏像*
不是這樣嗎?!

*「地藏像」的日文音同「大叔大象」。

淨土寺就在海邊，地上堆放著倒塌的門柱和石塔，不過打掃得很乾淨。
周遭民宅只剩地基，院子裡的花草依然爭妍怒放。

回想起來
我也曾經是小雞
和夥伴吱吱喳喳
一個黎明早晨
我被遠方的聲音
奪去了心神
溜出溫暖小屋
當時覺得自己是
天選之雞

這裡飄散著一股
懷念的青春氣息
噢
可不是我把小屋
破壞至此喔！

今日餐點

在校園角落
找到南苜蓿
的葉子。

✎閖上國中一樓的窗戶幾乎都破了，校舍目前仍未拆除。校舍雖禁止進入，但校地已成為復興工程的專用停車場。右方的樹是昭和30年（1955年）的紀念樹，樹下立著供奉震災的佛塔。

2015.5. 名取市閖上、日和山

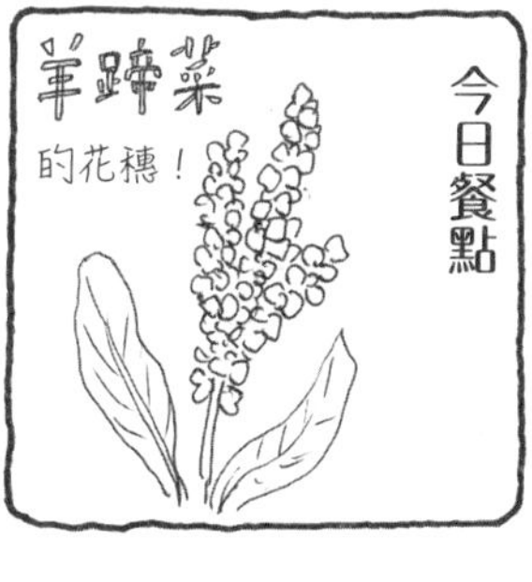
今日餐點
羊蹄菜
的花穗！

多可愛的
山啊

還以為是
午睡中的
妻子呢！

✐日和山是漁民為了看海所造的人工山（標高6公尺），聽說民家的屋頂被海嘯沖到山頂。
旁邊蓋了做成嫩草狀的慰靈塔，許多民眾來此參拜。

2015.5. 名取市閖上

原野啊
你可曾記得
巨浪來襲前
身上載著何物嗎
是蔬菜稻田
或是民家商店呢

妻子啊
妳可曾想起
動身旅行前
是誰在妳的身旁
振翅高歌呢

今日餐點
結縷草的
穗。

每次來到仙台，我都為廣大的原野感到訝異。
走近這片綠色地毯，才發現上面沒有農田或菜園，零星殘存的房子也大多無法居住。

2015.5 美田園駅付近

今日餐點
杉菜
開動囉。

星期六的午後陽光
初夏的暖風
電視傳出的笑聲
駝背坐著的女人們

儘管當時
只是日常一景

如今卻成了
無法重來的
懷念之日

臨時組合屋的規格大致相同，但不同地區仍略有差異，像這棟便漆上了可愛的色彩。
當地居民坐在陽光下，如此告訴我。

4年3個月後的東海

做完伯母的法事後，我在回程路上參觀了核能科學館。

這是我三度造訪，怎知其中兩次都穿著喪服。

東海村內核能產業設施的災情（重點摘要）：

- 日本核能電廠（股份有限公司）東海第二發電廠的核反應爐自動停止、緊急柴油發電機的海水馬達被海嘯淹沒
- 日本核能研發機構（獨立機構）東海研發中心核能科學研究所內的核反應爐一切正常，排氣管及周邊設施、設備部分損壞
- 三菱核燃料（股份有限公司）東海工廠的建築物輕度損壞（建築物內的排氣管線發生龜裂）
- 核燃料工業（股份有限公司）東海事業機構的建築物輕度損壞（建築物內的排氣管線發生龜裂）
- 其他村內核反應爐相關之重要建築本身未受地震影響
  相關設施有破損及災情傳出 ☆16

警告
亂動這張紙
將引發騷動
站在紙上
將成為攻擊目標
因為它的正上方是
恐怖分子的基地

嗯
幸好今天下雨
若是不幸中彈
可以馬上沖澡

今日餐點

車前草
的葉子。

✎燕子在東海車站出口的天花板與防盜監視器之間築巢，下方鋪著接燕子糞便用的紙。

哎呀呀
樹鶯兄
你精神真好
「呵——呵喀咕」
應該是
「喂～這裡安全」
的意思吧
換句話說
表示我的妻子
目前不在

今日餐點

透百合的花蜜。

✎附帶一提，據說樹鶯叫聲「呵～呵喀！」是「大家小心」，而「喀咕喀咕喀咕」是「混帳！給我滾出去」的意思。核能科學館和馬路的對面是核能科學研究所。

特別加繪〈小小世界〉

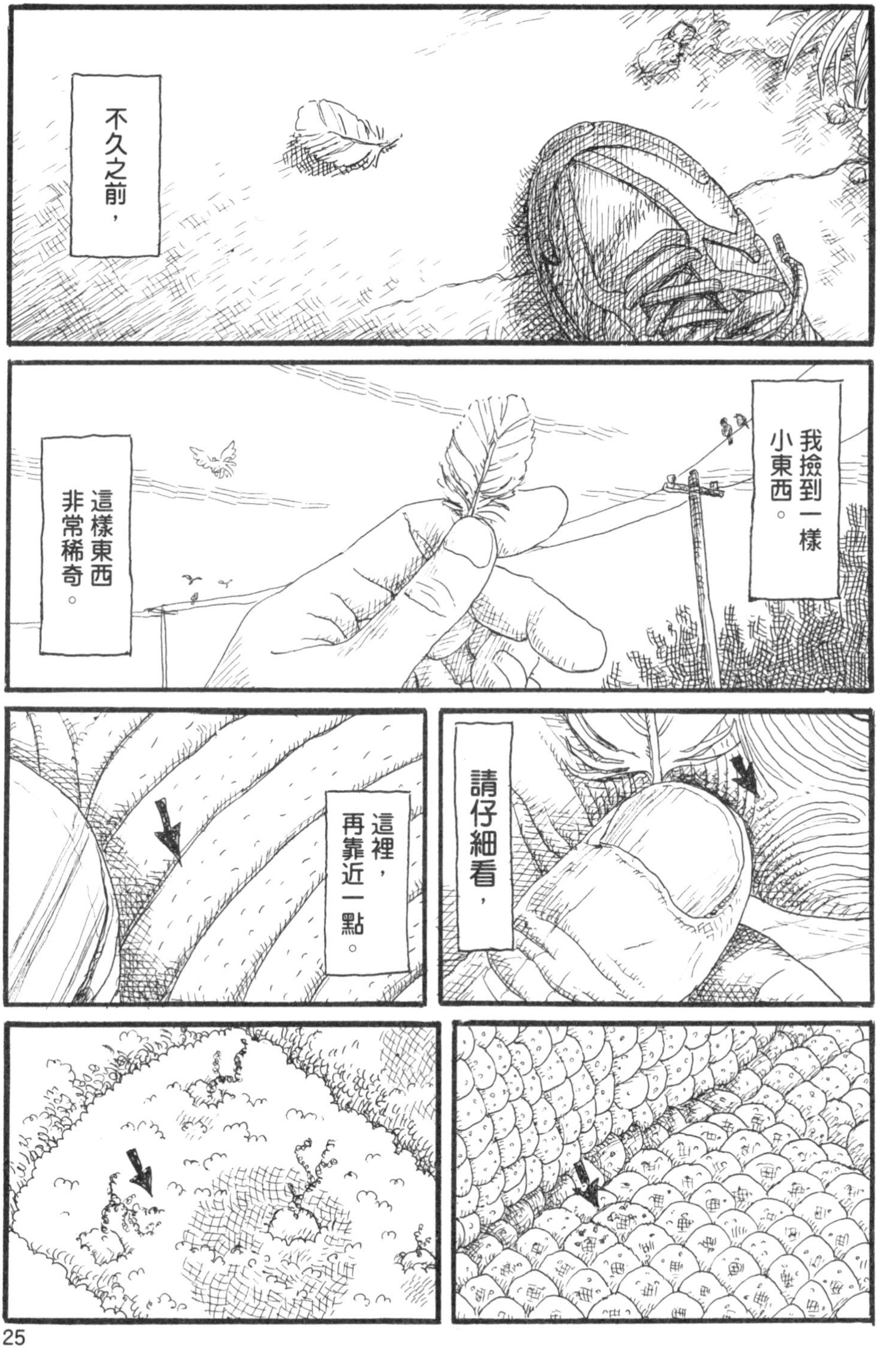

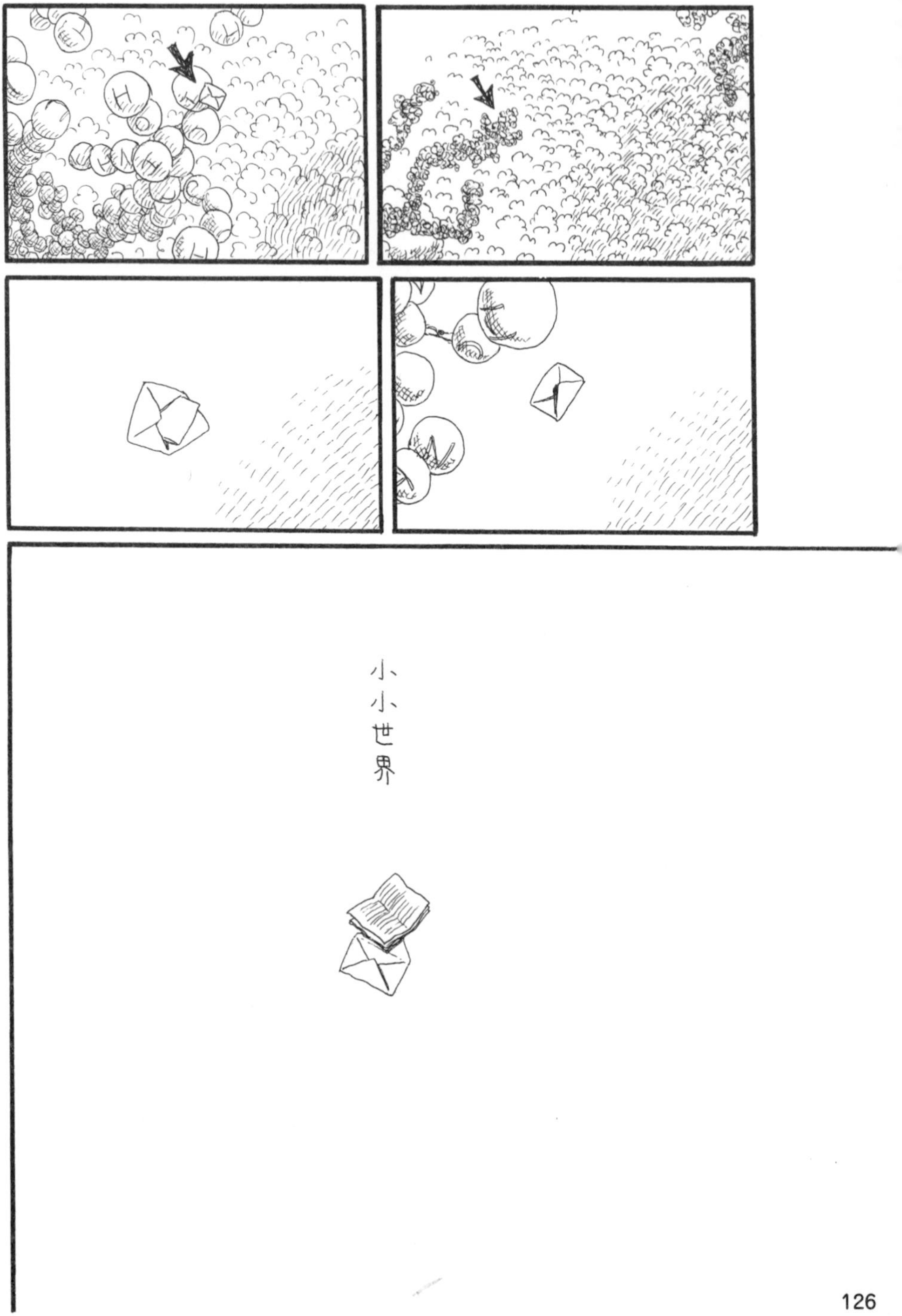
小小世界

你好。

謝謝你發現了這封信。

你知道我在哪裡嗎？

坦白說，我也不知道，因為我在關鍵時刻睡著了。

這裡很像我以前待過的地方，沒有樹葉沙沙聲，沒有鳥叫聲。

但不是完全沒聲音喔。

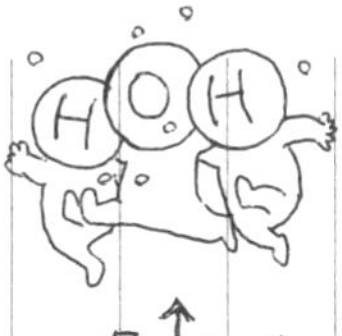

像↑這樣

兩位H君感情要好地搭著O君的肩膀路過我身邊，不時有人替我點亮藍色的燈，還有子彈飛來飛去。

我和一大群夥伴住在一起，大家都在睡覺，很無聊，所以我才會寫信。姊姊說，因為我們還小，大部分時間都在睡覺。啊，不過偶爾也有吵鬧的孩子，數量比我之前待過的地方多。子彈很恐怖？反正不會打到我呀。姊姊說

沒辦法，誰教那些孩子少一個呢＊

少什麼？中子啊。

我數了數自己。我有九十二個質子，一四六個中子，合計二三八。電子有九十二個，非常耀眼。

＊日文的「少（足りない）」也有「傻瓜」的意思。

從前，我們住在深邃的森林裡。

我隱約記得被人「叩叩」地敲醒。

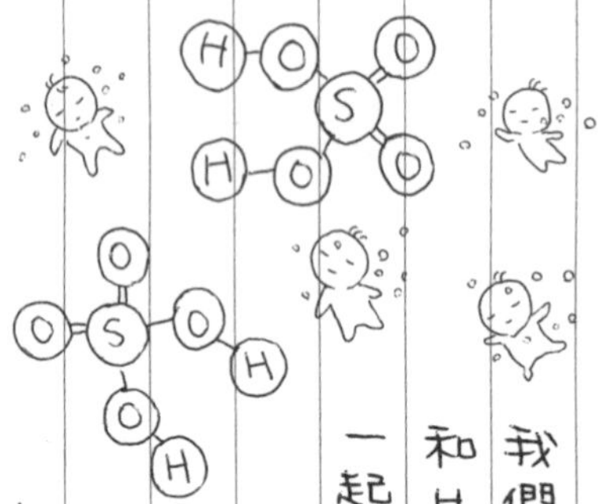

我們被集合起來，
和H君、S君和O君
一起在泳池裡游泳。

手腳和O君複雜地
組合在一起，
等到完全變成黃色以後，

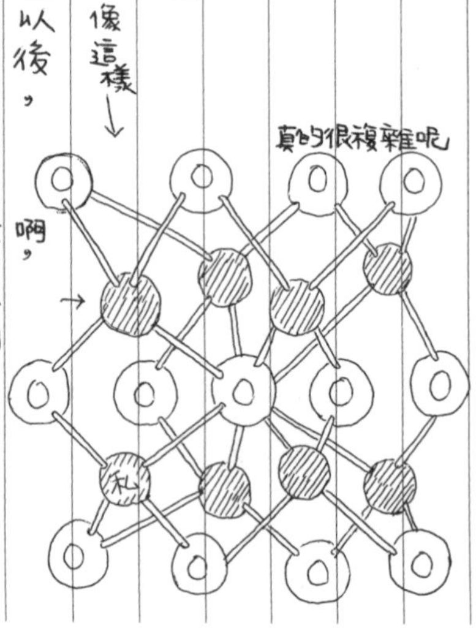

被送上搖晃的列車或船，小心翼翼地搬運。

接著，
我們被六個F君圍住，
輕飄飄地旋轉，

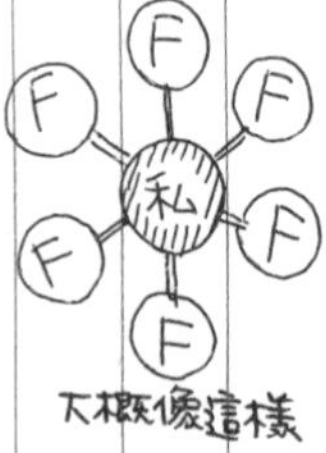

等微微燒焦後，
和許多O君牽起手，

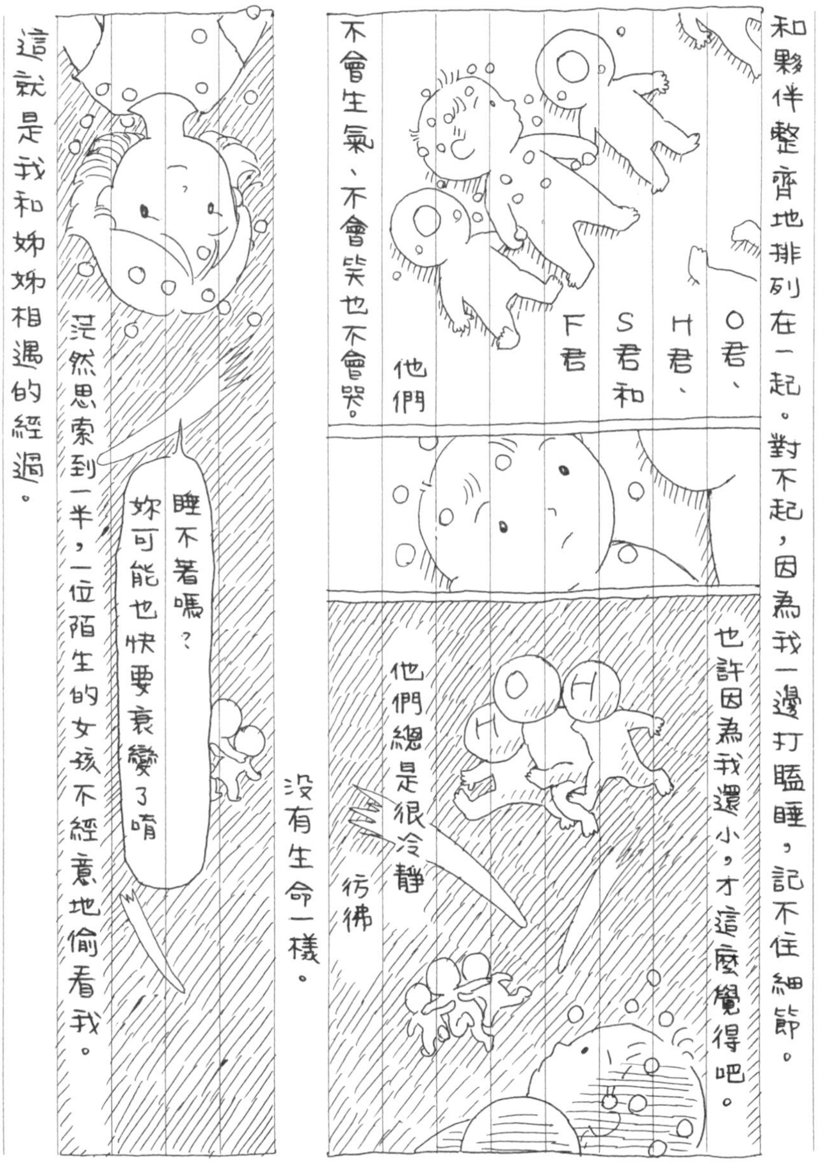
和夥伴整齊地排列在一起。對不起，因為我一邊打瞌睡，記不住細節。
O君、H君、S君和F君
他們
不會生氣、不會笑也不會哭。
也許因為我還小，才這麼覺得吧。
他們總是很冷靜
彷彿
沒有生命一樣。
茫然思索到一半，一位陌生的女孩不經意地偷看我。
睡不著嗎？妳可能也快要衰變了唷
這就是我和姊姊相遇的經過。

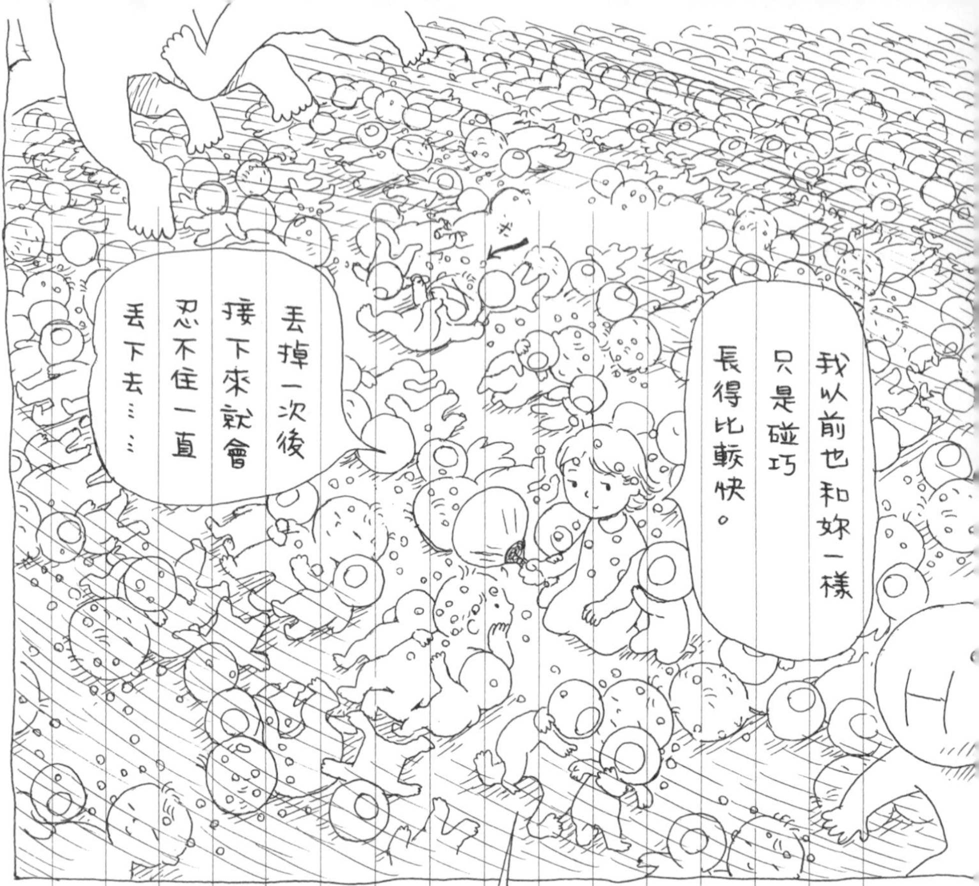
我以前也和妳一樣
只是碰巧
長得比較快。
丟掉一次後
接下來就會
忍不住一直
丟下去……

姊姊似乎不是二三八。她說自己已經各丟掉兩個(質)質子和(中)中子，以及兩個(電)電子了。聽說這就叫做「衰變」，我遲早也會面臨這一刻。

沒有人可以
永遠當小孩

要是不小心丟掉三個，就會變得跟那些孩子一樣嗎？姊姊要我別擔心，因為(質)質子和(中)中子是(質)(中)(中)(質)兩個一組拼在一起。

但我最想當普通人。不快不慢地，維持平均的速度成長就好。

姊姊稱丟掉ⓔ電子、質子和中子的過程為ㄕㄨㄞ ㄅㄧㄢˋ。她不停進行衰變，想快點獲得ㄢ ㄉㄧㄥˋ。安定指的是

剛剛寫到一半突然中斷。

事情不妙了。

流彈擊中我身旁的夥伴。

「少三個」的孩子揮舞手腳，大吵大鬧。

發出可怕的慘叫，裂成兩半，

變成我完全不認識的I君與Y君。

I君在第八天丟出ⓔ電子，變成了Xe君。然後他再次丟出ⓔ電子，卻還是無法冷靜。連續十天繞圈飛來飛去，邊大叫邊惡狠狠地掃視周圍，好不容易才獲得安定。

Y君更忙，他每隔一秒不斷地拔除ⓔ電子，變成Zr君、Nb君、Mo君，至此短暫休息了六十八秒，又變成Tc君，接下來休息了五十四秒，變成Ru君，然後花了三十九天變成Rh君，終於獲得安定。

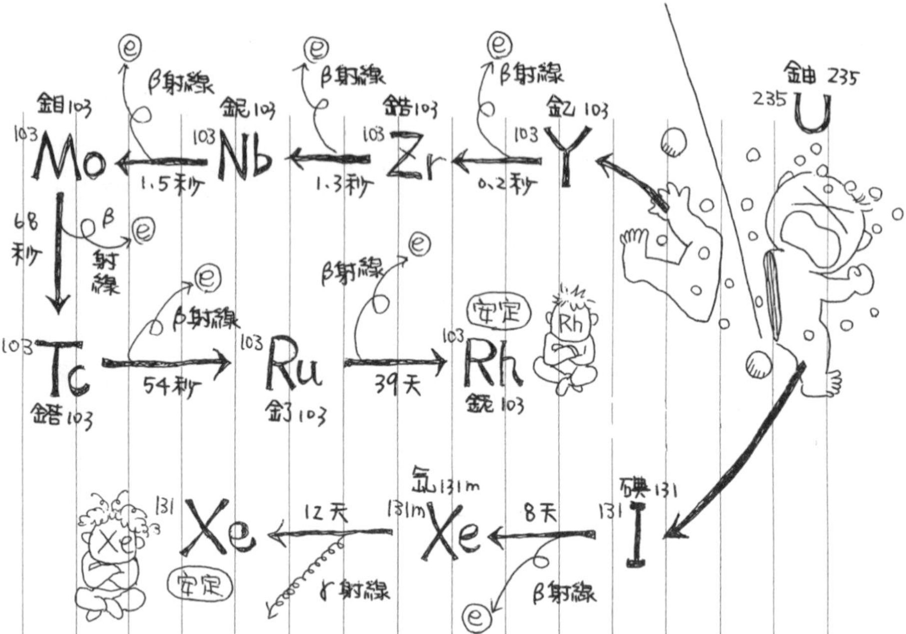

我相當驚訝。

因為不過眨眼之間，他們就長大了。

H君和O君他們難得急急忙忙地跑出蒸氣管，但隨即繞著前方的「渦輪機」打轉，徹底冷靜下來後回來了。H君和O君絕不能放開彼此的手，也不能離開這裡。可是那具「渦輪機」似乎對著某處在訴說著什麼。

是誰？

那一天，

將我從森林中喚醒的人，是誰？

說要「小心翼翼地搬運」我的，是誰？

難道會是，

正在讀這封信的你嗎？

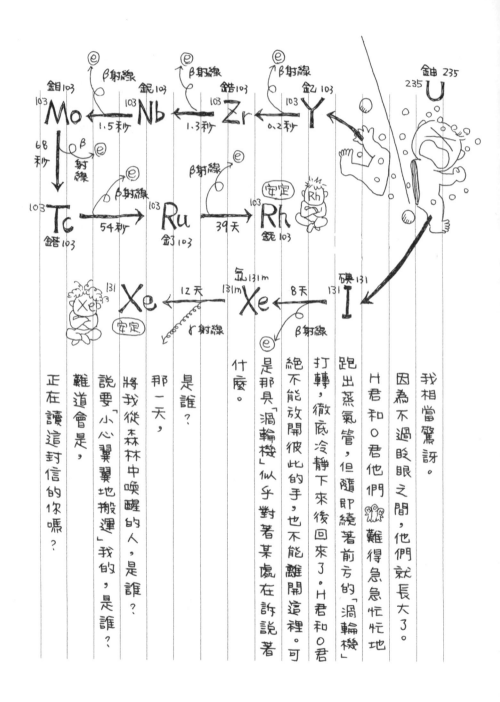

對了，這就是子彈。

仔細一瞧，是㊥中子。我在那孩子分裂成兩個時撿到的。

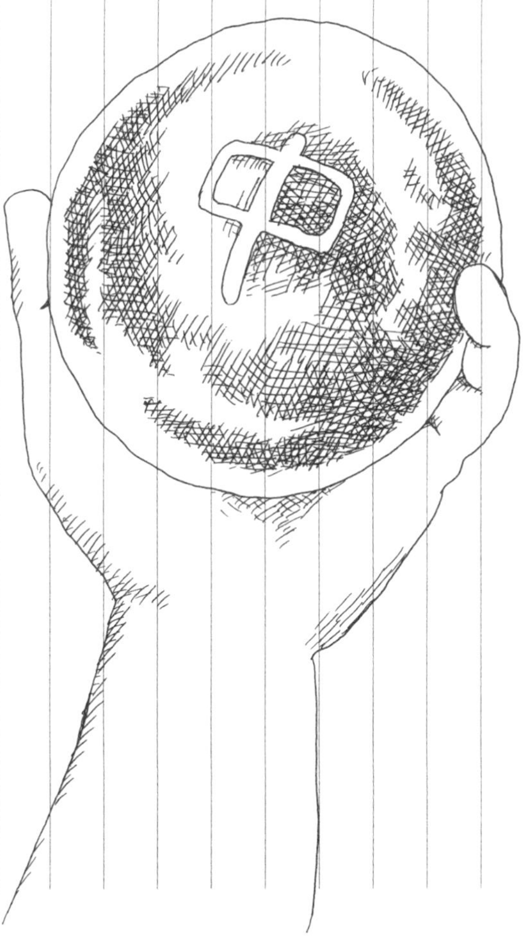

回過神來，我已經無法放下它了。

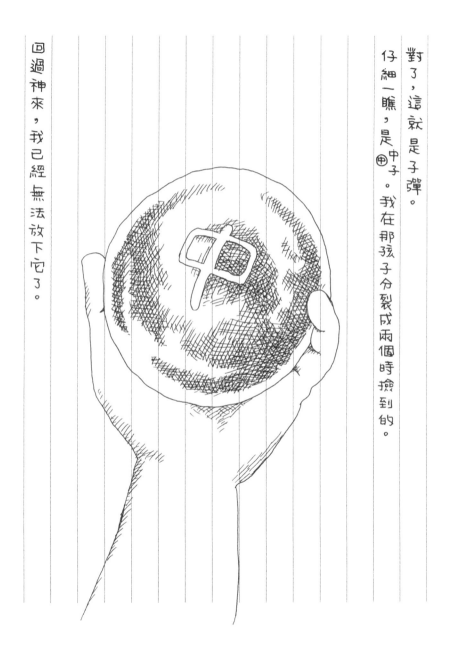

我相當興奮。

二十三分鐘後，我拔起頭髮上的ⓔ電子，忍不住想丟掉它。

就是這個ⓔ電子。

一丟出ⓔ電子，體內的㊥中子變成㊧質子，開始發熱。

接著，我變成了Np。

姊姊說的對。

丟過一次之後，

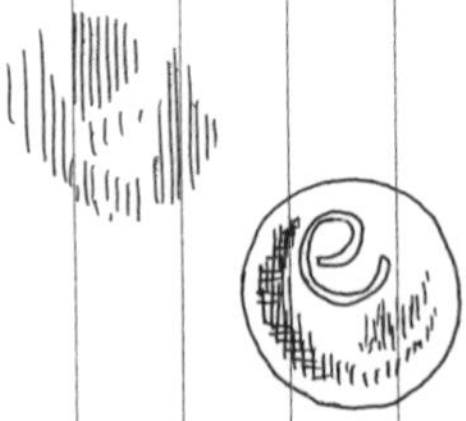

不知為何心浮氣躁。

身體溫溫熱熱……莫非這就是戀愛？不，等等，我沒對象呀。

大約隔了兩天，我再次丟掉ⓔ電子，這次變成Pu。我稍微重拾冷靜，轉頭張望，發現姊姊害怕地注視我。可是，嗯，該怎麼說，我無法像從前一樣看待妳妳了。不只是妳妳，其他人也是。總覺得他們看起來既俗氣又無聊。為什麼呢？相反地，那些數量不足的孩子似乎更吸引我……

不對。

我只是一時鬼迷心竅，我想平凡地過日子，這是我長久以來的心願。可是身體好熱，熱到受不了。

啊，妳妳，我懂了。

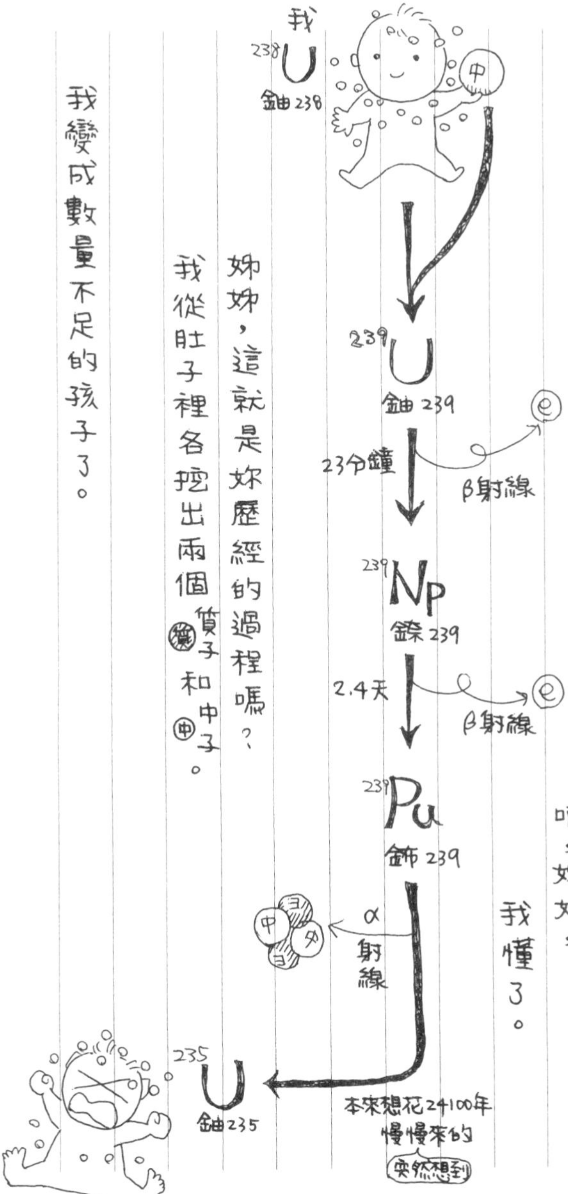

妳妳，這就是妳歷經的過程嗎？

我從肚子裡各挖出兩個質子和中子。

我變成數量不足的孩子了。

* 鈾238是鈾在自然界中最常見的同位素，但可藉由捕捉慢中子並經過兩次 β 衰變，變成可分裂的鈽239。鈾235能產生核分裂，用作核電及核彈。

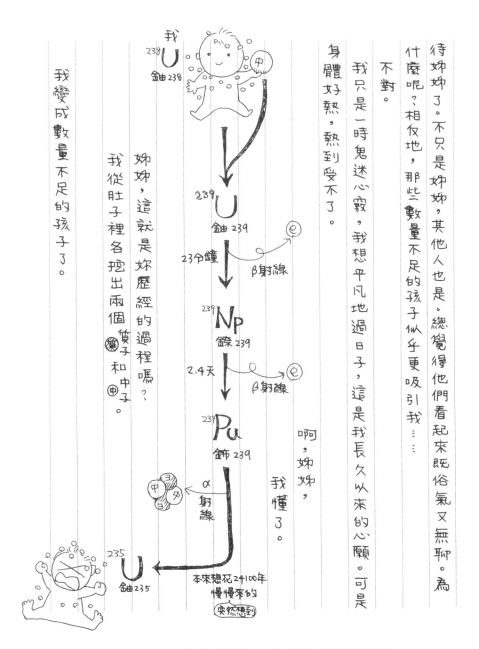

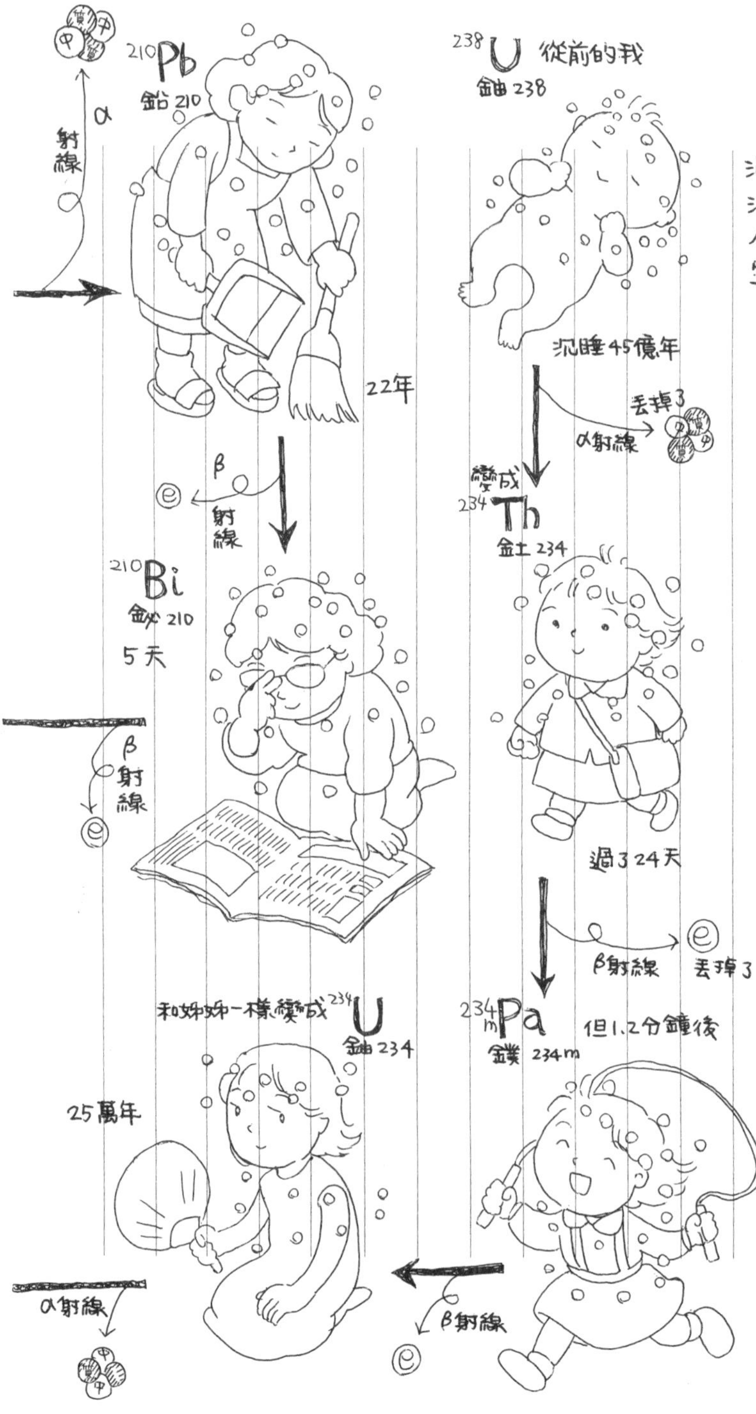

變成Mo的我已經得到安定，不再思考。

變成Cs的另外半個我，繼續思索森林裡的歲月，以及本應平凡度過的漫漫人生。

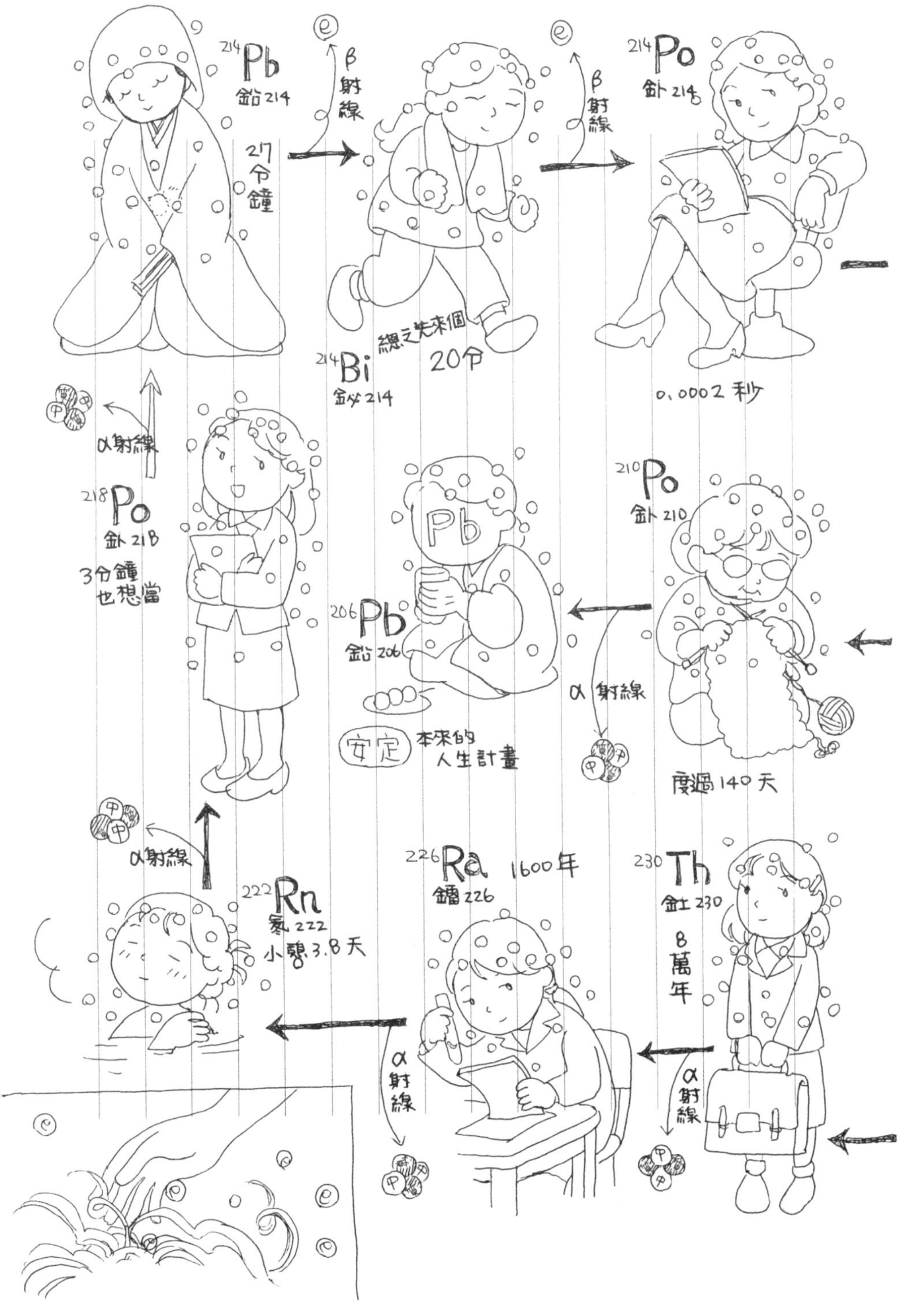

214Pb
鉛214
27分鐘
β射線
214Bi
鉍214
總之先來個
20分
β射線
214Po
釙214
0.0002秒
α射線
218Po
釙218
3分鐘
也想當
206Pb
鉛206
安定
本來的
人生計畫
210Po
釙210
α射線
度過140天
α射線
222Rn
氡222
小憩3.8天
226Ra
鐳226
1600年
α射線
230Th
釷230
8萬年
α射線

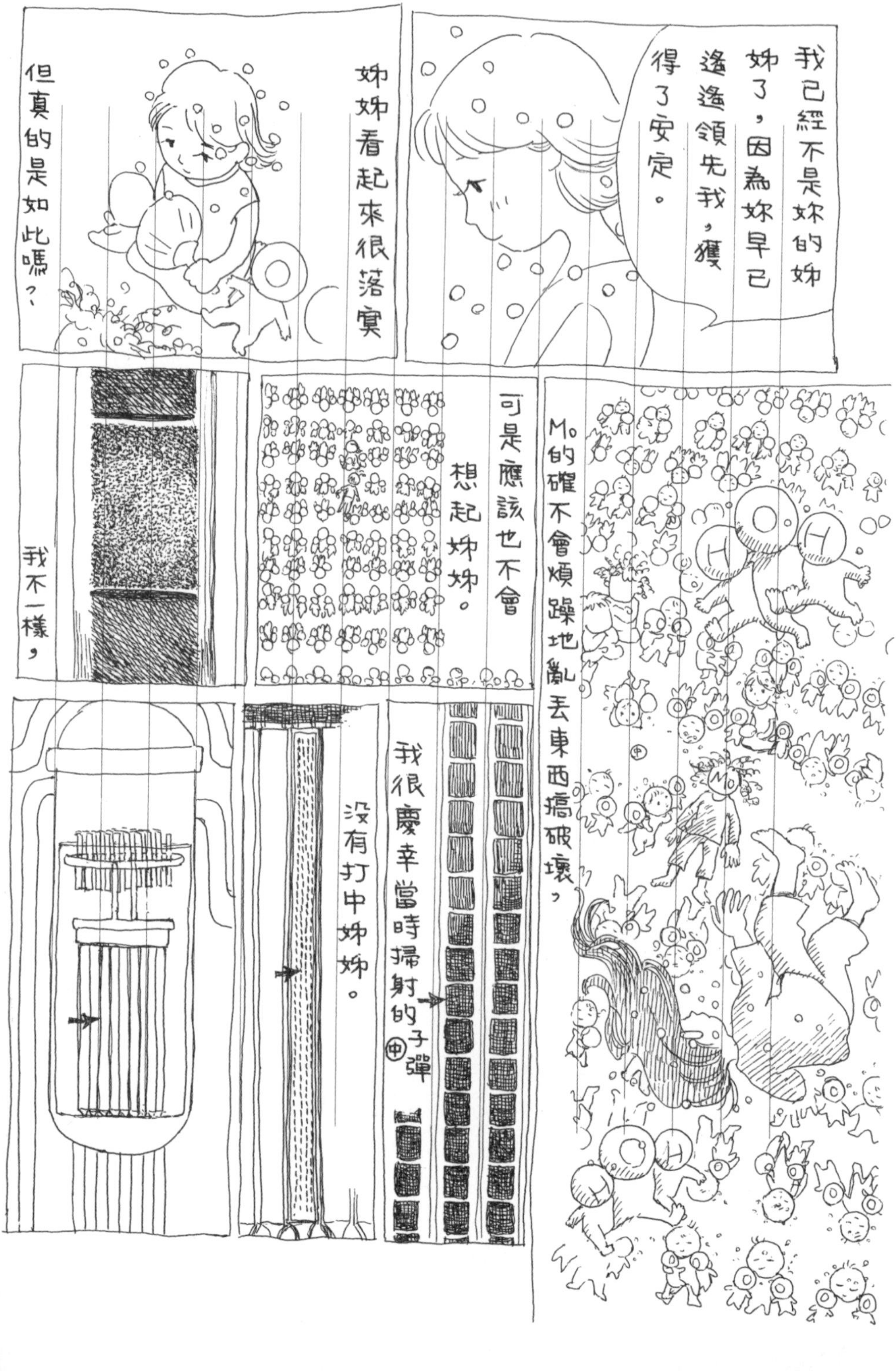
我已經不是妳的姊姊了，因為妳早已遙遙領先我，獲得了安定。
姊姊看起來很落寞
但真的是如此嗎？、
M的確不會煩躁地亂丟東西搞破壞，
可是應該也不會
想起姊姊。
我不一樣，
我很慶幸當時掃射的㊥子彈
沒有打中姊姊。

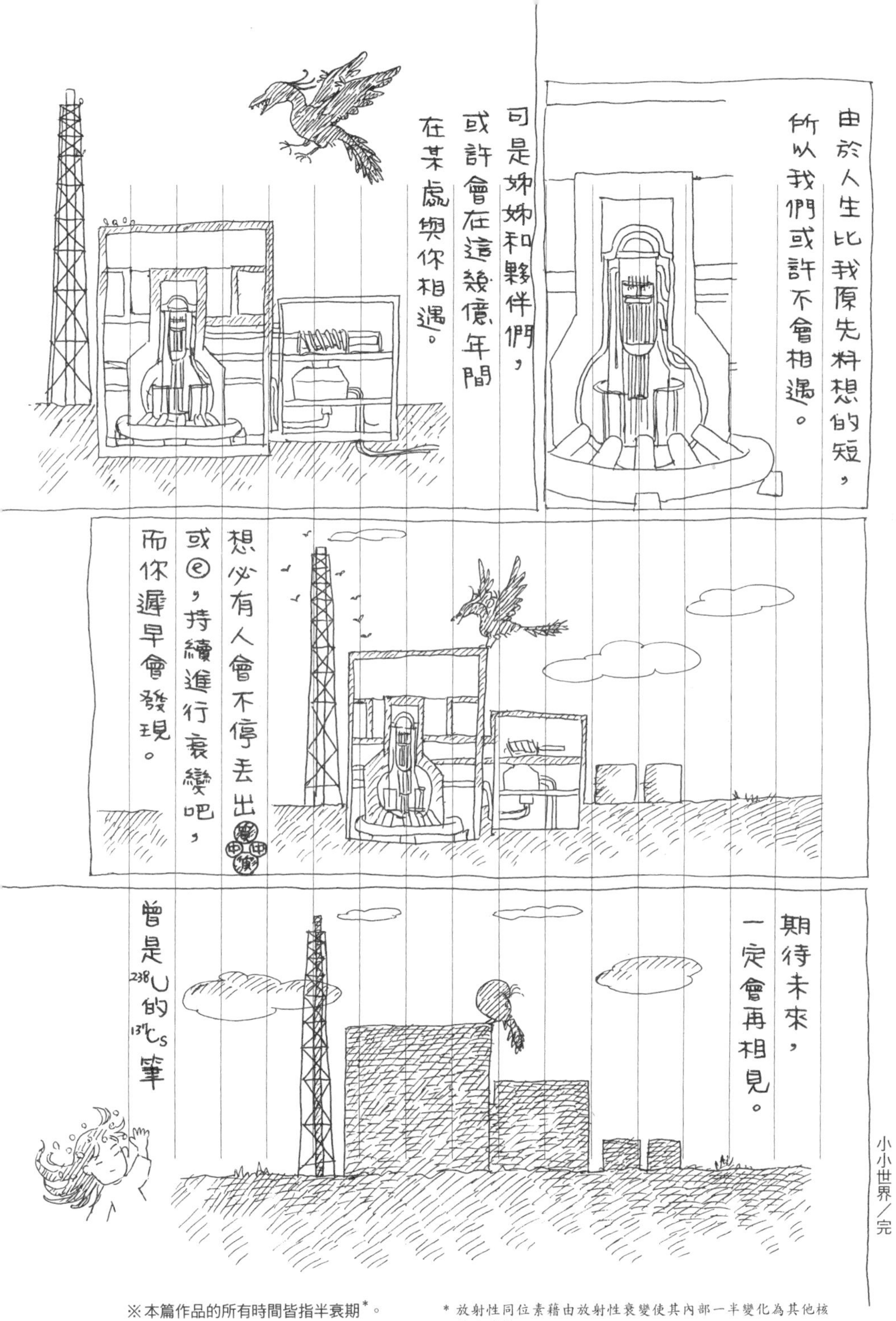
由於人生比我原先料想的短，
所以我們或許不會相遇。
可是姊姊和夥伴們，
或許會在這幾億年間
在某處與你相遇。
想必有人會不停丟出
或ⓔ，持續進行衰變吧，
而你遲早會發現。
期待未來，
一定會再相見。
曾是^{238}U的^{137}Cs筆
小小世界／完

※本篇作品的所有時間皆指半衰期*。

* 放射性同位素藉由放射性衰變使其內部一半變化為其他核種的時間。

引用資料

☆1　「平成23年（2011年）關於東北地區太平洋近海地震（日本東北311大地震）（第153期）」
平成28（2016年）年3月8日14時00分　消防廳防災對策總部
☆2　「平成23年關於日本東北311大地震的災情及警政措施」
平成28年3月10日　警察廳防災緊急應變總部
☆3　「日本東北311大地震相關死亡人數」平成27年（2015年）9月30日調查結果
平成27年12月25日發表　復興廳、內閣府（防災負責）、消防廳
☆4　「多賀城市311大地震的災情概要」 平成28年1月1日更新　多賀城市
☆5　「鹽竈市的災情」 平成26年（2014年）4月24日更新　鹽竈市
☆6　「復興工程進度」 平成28年3月11日　宮城縣
☆7　山田町震災復興事業官網　引自「山田町的災情」
☆8　「根據實地調查於海嘯觀測站附近測得的海嘯高度」 平成23年4月5日　氣象廳
☆9　三陸鐵路官網　引自「三陸鐵路的軌跡」
☆10「311大地震的對策與今後的方針」 平成28年3月11日　國土交通省
☆11「災害公營住宅的工程進度」 平成28年2月29日　岩手縣
☆12「銚子市內的災情」 平成25年（2013年）3月29日更新　銚子市
☆13「關於311大地震（第249期）」
平成28年4月1日15時00分　千葉縣防災危機館理部危機管理課
☆14「關於311大地震之災情等」 平成24年（2012年）11月1日　水戶市
☆15「宣傳刊物大洗　311大地震特別號　vol.472」 平成23年4月20日　大洗町
☆16「311大地震經歷」（平成24年6月發刊）網頁版　平成24年10月22日刊載　東海村
☆17「南相馬市復興計畫　資料」 平成23年12月　南相馬市
☆18「311大地震的紀錄與復興腳步」 平成25年3月　福島縣
☆19「大槌町311大地震海嘯復興計畫　基本計畫」 平成23年12月　大槌町
☆20「復興實施計畫的主要方針與工程進度」 平成28年3月　岩手縣
☆21「石卷市地域防災計畫　共同篇」 平成26年12月　石卷市防災會議
☆22「女川町復興計畫」 平成23年9月　女川町
☆23「311大地震　災情」 平成28年4月12日　引自陸前高田市官網
☆24「311大地震・磐城市復興腳步2015」 平成28年3月11日發行　磐城市
☆25「避難指令頒布區域之概念圖與各區域人口及戶數」 平成27年9月5日　經濟產業省
☆26「災害公營住宅（針對地震、海嘯受災戶）工程進度」 平成28年3月31日　福島縣
☆27「復興公營住宅（針對核廠意外撤離住戶）　每區的工程表與施工進度〔4,890戶的版本〕」
平成28年3月底　福島縣
☆28「311大地震的災情現況調查」 平成24年12月　亘理町
☆29「亘理町311大地震活動等紀錄集」 平成25年3月　亘理町
☆30「東松島市　社區營造計畫」 平成23年12月26日　東松島市
☆31「平成23年日本東北311大地震海嘯概要（第3期）　青森縣～福島縣的海嘯高度、淹入高度及青森縣～福島縣的淹水情形」
平成23年4月22日　一般財團法人日本氣象協會

之後還會再相見。

我想寫信給太陽 2
日の鳥 2

作者——河野史代
譯者——韓宛庭

執行長——陳蕙慧
主編——周奕君
行銷企畫—吳孟儒
封面設計—霧　室
排版——張彩梅
手寫字——吳念佳

社長——郭重興
發行人兼
出版總監—曾大福
出版——木馬文化事業股份有限公司
發行——遠足文化事業股份有限公司
地址——231 新北市新店區民權路 108 之 4 號 8 樓
電話——02-22181417
傳真——02-22181009
Email——service@bookrep.com.tw
郵撥帳號—19588272 木馬文化事業股份有限公司
客服專線—0800221029
法律顧問—華陽國際專利商標事務所　蘇文生律師
印刷——前進彩藝有限公司
初版——2018 年 4 月
初版二刷—2018 年 4 月
定價——260 元
ISBN——978-986-359-507-6

歡迎團體訂購，另有優惠，請洽業務部 02-22181417 分機 1124、1135

國家圖書館出版品預行編目（CIP）資料

我想寫信給太陽 2／河野史代著；韓宛庭譯. -- 初版. --
新北市：木馬文化出版：遠足文化發行, 2018.04
144 面；14.8×21 公分
ISBN 978-986-359-507-6（平裝）

861.67　　　　107001964